O menino sem imaginação

Carlos Eduardo Novaes

Ilustrador: Vilmar Rodrigues

editora ática

O texto ficcional desta obra é o mesmo das edições anteriores

O menino sem imaginação
© Carlos Eduardo Novaes, 1993

DIRETOR EDITORIAL · Fernando Paixão
EDITORA · Gabriela Dias
EDITORES ASSISTENTES · Carmen Lucia Campos e Fabricio Waltrick
APOIO DE REDAÇÃO · Pólen Editorial e Kelly Mayumi Ishida
COORDENADORA DE REVISÃO · Ivany Picasso Batista
REVISORA · Camila Zanon

ARTE
CAPA · Exata
PROJETO GRÁFICO · Tecnopop
EDITORA · Cintia Maria da Silva
ASSISTENTE · Ana Paula Fujita
EDITORAÇÃO ELETRÔNICA · Processo de Criação e Exata

CIP-BRASIL. CATALOGAÇÃO NA FONTE
SINDICATO NACIONAL DOS EDITORES DE LIVROS · RJ

N815m
13.ed.

Novaes, Carlos Eduardo, 1940-
O menino sem imaginação / Carlos Eduardo Novaes ;
ilustrações Vilmar Rodrigues. - 13.ed. - São Paulo :
Ática, 2008
152p. ; il. - (Sinal aberto)

Apêndice
Inclui bibliografia
Contém suplemento de leitura
ISBN 978-85-08-10658-5

1. Televisão - Aspectos sociais - Literatura
infantojuvenil. 2. Literatura infantojuvenil. I. Rodrigues,
Vilmar, 1931. II. Título. III. Série.

06-3020.   CDD 028.5
                                               CDU 087.5

ISBN 978 85 08 10658-5 (aluno)
CAE: 211464

2023
13ªedição, 10ª impressão
Impressão e acabamento: HRosa Gráfica e Editora

Todos os direitos reservados pela Editora Ática S.A. · 1995
Av. das Nações Unidas, 7221 – CEP 05425-902 – São Paulo, SP
Atendimento ao cliente: 4003-3061
www.coletivoleitor.com.br

IMPORTANTE: Ao comprar um livro, você remunera e reconhece o trabalho do autor e o de muitos outros profissionais envolvidos na produção editorial e na comercialização das obras: editores, revisores, diagramadores, ilustradores, gráficos, divulgadores, distribuidores, livreiros, entre outros. Ajude-nos a combater a cópia ilegal! Ela gera desemprego, prejudica a difusão da cultura e encarece os livros que você compra.

sinal aberto  *social*

O desafio de sonhar

Já pensou se você estivesse assistindo a um jogo da Seleção Brasileira na Copa do Mundo e, de repente, o canal saísse do ar? Ou pior, **todas as emissoras de TV saíssem do ar**? Pois é isso que acontece com Tavinho, um menino viciado em televisão.

Depois que um **estranho fenômeno** provoca uma pane no sistema de telecomunicações, o Brasil inteiro fica sem TV por tempo indeterminado. A confusão, claro, é geral. O país todo está de pernas pro ar, e com a família de Tavinho não é diferente. Na sua casa quase todos são completamente dependentes da televisão. Até a empregada passa a errar no tempero da comida desde que fica sem assistir novela. E Tavinho então? Está desesperado... Só ele tem **três aparelhos** de TV no quarto, que ficam ligados ao mesmo tempo o dia inteiro. E eles têm até nome — Babá, Plim-Plim e Fantástica!

> **Não perca!**
> - O vício em televisão do povo brasileiro.
> - A importância da criatividade na vida.

Reaprender a viver sem seu vício não é nada fácil. **De tanto assistir à TV, Tavinho acabou sem imaginação**. Ele não consegue entender como seus amigos imaginam coisas com tanta facilidade. Para o garoto é impossível ter uma ideia própria e não copiar uma que já tenha visto na telinha. É aí que ele se dá conta da falta que a imaginação faz.

Acompanhe a seguir a **busca do menino pela fantasia e pelo sonho** que existem dentro de cada um de nós. E, no fim do livro, leia uma entrevista exclusiva com o autor Carlos Eduardo Novaes!

>> À minha irmã, que, com suas ideias, sua imaginação e seu vocabulário, me ajudou a escrever este livro.

Tavinho

1

É verdade: não tenho imaginação e não ligo a mínima para isso. Minha mãe não tem emprego; minha tia não tem marido; meu avô não tem carro; minha irmã não tem peito; meu pai não tem telefone celular; o cego Raiban não tem visão. Sempre falta alguma coisa às pessoas e nem por isso elas parecem de mal com a vida. Maria, a empregada, não tem estudo e não conheço ninguém mais alegre do que ela.

A falta de imaginação não me faz diferente dos garotos da minha idade. Ela não está à vista como a falta de cabelo ou de uma perna e ninguém que me veja na rua ou na escola poderá dizer: "Lá vai um menino sem imaginação!".

Tenho memória, isso eu tenho; não sou desmiolado feito muita gente; tenho inteligência, rapidez de raciocínio e, mais que tudo, capacidade de observação, mas não há jeito de criar e combinar imagens na minha telinha interior.

Li uma vez que imaginação "é a aptidão para representar objetos ausentes e combinar imagens". Sou capaz de desenhar e descrever objetos ausentes, desde que já tenha visto eles antes. Se disserem: "Desenhe um espelho", vou no arquivo da minha memória e reproduzo ele direitinho no papel. Se tiver, porém, que desenhar alguém entrando num espelho, que nem minha irmã disse que aconteceu com Alice, eu não consigo porque nunca vi e não sei como uma pessoa pode atravessar um espelho.

— Como é isso, mana?

— É só imaginar — disse ela, como se fosse a coisa mais natural do mundo.

Liguei minha telinha interior e apareceu uma cena familiar: minha imagem refletida no espelho do armário do quarto, que é onde vejo se estou arrumado para sair.

— Agora imagine que o espelho tenha ficado macio feito gaze — ela repetia o texto de Alice —, assim será possível atravessá-lo...

Não sei como é um espelho "macio feito gaze". Para mim todo espelho é feito de vidro metalizado que reproduz as coisas colocadas diante dele. Mas mesmo que quisesse atravessar não poderia porque — para meu espanto — eu já estava do lado de lá, ou seja: só havia minha imagem no espelho.

— Se sua imagem está refletida — disse ela —, você *tem* que estar na frente do espelho!

— Mas não estou!

Minha irmã reagiu incrédula e brincou:

— Talvez a câmera da sua telinha interior esteja muito fechada e só tenha enquadrado sua imagem no espelho.

Minha cabeça fez um clique, como se fosse um projetor, e passou para outro *slide*: agora eu podia "ver" o quarto quase todo, a porta do espelho aberta, mas ainda assim eu continuava fora da telinha. Descrevi a cena para minha irmã.

— Deixe de bobagem, Tavinho. Todo mundo pode se ver.

— Mas eu não consigo!

— Somos nós quem comandamos nossa imaginação! Se quiser posso aparecer na minha telinha de várias maneiras diferentes!

Surpreendi-me:

— Você quer dizer em uma única imagem? — perguntei.

— Claro! Estou imaginando agora minha turma fazendo prova e imagino que toda ela tem a minha cara.

— Como assim?

— Não sou uma: eu sou várias. Experimente se imaginar assim...

Novamente liguei a telinha da imaginação e "vi" minha turma do colégio na sala de aula. Estavam todos lá com suas respectivas caras, menos eu que não tinha cara, nem corpo, nem nada: minha carteira estava vazia. "Vi" a turma na telinha como se eu estivesse de pé na frente da sala de aula.

— E então? — perguntou a mana.

— Acho que não fui à aula nesse dia — brinquei.

— Pois eu estou sentada em todas as carteiras, com roupas e cabelos diferentes.

Era difícil de acreditar. Quando a mana começou a falar pensei que estivesse dividindo sua tela interior em quadrinhos, como vejo às vezes na tele-

◆ 9

visão. O que ela fez, no entanto, ia mais longe. Era algo que a televisão com toda a sua tecnologia seria incapaz de reproduzir.

Desisti de tentar me "ver". Definitivamente eu não conseguia aparecer na minha telinha a não ser, é claro, em imagens retidas na memória, de filmes, fotografias e situações diante do espelho.

Na época não suspeitei que essa minha impossibilidade estivesse ligada à falta de imaginação.

Descobri que não tinha imaginação no dia em que a professora pediu à classe para desenhar uma galinha.

Quem já tinha encontrado uma galinha antes só teve o trabalho de "colar" da memória. Mas, e quem nunca tinha visto um bicho desses? A professora sugeriu que usássemos a imaginação em cima de algumas informações.

— A galinha é uma ave pequena — disse ela —, asas curtas, bico recurvado, dois pés, uma crista carnuda e recoberta de penas. Vamos ver quem é capaz de imaginar!

Acionei minha telinha e foram surgindo imagens guardadas na memória: um bico de tucano, duas asas de anjo, dois pés de pato e um espanador cheio de penas na crista de uma onda. Não é possível, pensei, que juntando todas essas coisas apareça uma galinha.

Eu já tinha comido galinha, mas aos pedaços, e não me lembro de ter encontrado entre eles os pés, o bico, a crista nem as penas. Não tinha memória dessas partes. Ao "rever" na telinha a imagem da travessa com a galinha, localizei as asas, que não gosto de comer.

Juntei as asas com as coxas e o pescoço, mas não deu certo. Tornei a reunir as coxas com o peito, cobri com as penas do espanador e aí surgiu um bico na telinha: só que um bico de mamadeira.

A turma toda já tinha entregue seus desenhos e eu continuava quebrando a cabeça para conseguir combinar as imagens. Para não entregar a folha em branco, então, resolvi desenhar um galeto que sempre vejo assando na porta da padaria. A professora olhou curiosa e perguntou o que era aquilo.

— Uma galinha morta! — respondi.

Ela elogiou minha inteligência e disse que eu tinha muita imaginação.

Em casa todos também acham que sou um garoto cheio de imaginação. Mamãe vive afirmando que "Tavinho é muito criativo e quando crescer vai ser um artista". Ela diz isso porque me vê desenhando naves espaciais e seres de outros planetas. Ela só não sabe que copio tudo da televisão.

— Que você está desenhando, filho?
— Um androide!

Mamãe pega o papel e sai orgulhosa pela casa:

— Vejam! Não é incrível? Desenhar um androide nessa idade! Fantástica a imaginação desse menino!

Nunca contei a ninguém que não tenho imaginação. Para falar a verdade, vivo muito bem sem ela: a televisão imagina tudo por mim.

Adoro ver televisão. Quando crescer, sair da escola e não precisar fazer mais deveres, vou assistir televisão de manhã, de tarde e de noite. Nas férias passo dias inteirinhos na frente da televisão. Só saio para ir ao banheiro.

— Tavinho! Quer me dizer por que o som da televisão está tão alto?

— Para que eu possa escutar, mãe!

— Você tá ficando surdo?

— Não. Tô no banheiro!

Só compro aquilo que vejo na televisão. Peço sempre a mamãe para trazer as guloseimas que anunciam nos comerciais, apesar de que elas nunca são tão saborosas ao vivo. Curto muito também o sistema de vendas diretas em que o locutor ordena: "Ligue já!". Corro ao telefone e quero comprar tudo, mas papai já advertiu:

— Se bater alguém na porta entregando mais uma "meia que não rasga" eu retiro os televisores do seu quarto!

Tenho dois aparelhos de TV no quarto e vou ganhar mais um do vovô. Minha televisão mais antiga se chama Babá. Mamãe conta que quando eu era muito pequeno, ela me botava sentado na frente do televisor, eu apontava o dedinho e dizia:

— Ba-bá tevisão... ba-bá tevisão...

Ali eu ficava, horas e horas, quietinho, consumindo suas imagens sem chorar nem perturbar ninguém. Babá me viu nascer, cuidou de mim por todos esses anos e hoje eu considero ela parte da família.

Babá, no entanto, anda cansada de tanto trabalhar por todos esses anos. Acho que ela está precisando de óculos, como minha irmã, porque a imagem dela piora a olhos vistos. Um dia Babá perdeu a voz e nós tivemos que chamar um técnico às pressas. Ele examinou-a, tocou aqui, apalpou ali e eu perguntei:

— É grave?
— Imagino que não.
— O senhor vai levá-la?
— Imagino que sim — ele prosseguia o exame.
— Será que ela vai ficar muda para sempre?
— Imagino que não.
— Vão ter que abri-la?
— Imagino que sim.

Nunca vi ninguém com uma imaginação tão ágil.

— Ela vai ficar boa? — continuei perguntando.
— Imagino que talvez!

Enquanto eu tentava entender como se imagina "talvez", mamãe se intrometeu:

— Claro que vai ficar boa, filho. Babá nunca teve nada.

Nunca teve nada, pensei, enquanto era moça. As televisões são iguais às pessoas: à medida que envelhecem vão ficando fracas, roucas, perdendo a cor, começam a apresentar problemas de saúde. Babá, coitada, às vezes se distrai e perde o controle vertical da imagem.

A mana diz que mantenho uma relação muito doida com os televisores. Diz que eu os trato como se fossem seres humanos e isso é coisa de quem não é bom da cabeça. Mas sei de muita gente que trata seu cachorro como ser humano e mamãe contou que a mana quando era menor vivia conversando com suas bonecas que não têm carne nem osso nem coração.

Minha outra televisão se chama Plim-Plim. É jovem, moderna, e quando pego no sono ela não fica falando sozinha feito a Babá. Depois de algum tempo, ela mesma se desliga e vai dormir também. Foi no dia em que Plim-Plim chegou que Babá perdeu a voz. Até hoje elas não se olham e para evitar ciumeiras vejo as duas ao mesmo tempo, uma em cada canal. Agora, com o presente de vovô poderei ver as três de uma só vez. Já imaginaram?

Minha primeira providência ao acordar é ligar Plim-Plim. Ela desperta rápido, sempre animada, seu som enche o quarto de vida: é uma televisão que sente prazer em estar ligada. Babá é devagar, demora a despertar e por isso deixo-a dormir mais um pouco.

Dei bom-dia a Plim-Plim e fui tomar café na cozinha. Minha irmã que bebia seu chá, lendo seu livro, levantou os olhos por trás dos óculos e falou que havia qualquer coisa diferente no ar.

— Só tô vendo um aviãozinho — eu disse, observando o céu pela área de serviço.

Ela foi logo falando grosso:

— Não é para *ver* qualquer coisa no ar. É para *sentir*!

Minha irmã não tem a menor paciência comigo.

Não vi nada de especial: estava tudo igual a todos os dias. Ela no entanto dizia perceber a atmosfera mais vibrante, carregada de eletricidade. Minha irmã é dez anos mais velha do que eu e todos a consideram a "gênia" da família.

Ela tem sempre razão. Detesta ser contrariada e adora dar a última palavra em todos os assuntos. Se comentam algo que desconhece, ela vai pesquisar, passa uma semana fuçando tudo e volta para dizer que não é bem assim. A mana enche o saco de todo mundo, principalmente o meu, com essa mania de ser minha segunda mãe.

Vovô diz que ela tem um QI muito acima da média. Eu acredito que seja verdade porque ela sempre foi a primeira aluna da turma, passou em primeiro lugar no vestibular de Psicologia e vive com a cara enterrada nos livros. Não vai a uma festinha, não tem namorado (acho que nenhum cara aguenta ela), só quer saber de ler e estudar; conhece um monte de palavras complicadas (botou várias no livro) e sintoniza muito bem a telinha da sua imaginação. Não sei como uma pessoa tão brilhante pode ver tão pouco televisão.

Ao sair para a escola lembrei da observação da mana vendo o Mil Caras na pracinha, agitadíssimo, correndo de um lado para o outro com uma bola nos pés. Ele vestia um uniforme da Seleção Brasileira de futebol, só que ao invés de chuteiras, calçava um tênis sujo e velho.

Desde que me entendo por gente que vejo o Mil Caras na pracinha, mas até hoje não sei como ele é, porque está sempre se fazendo passar por outra pessoa, geralmente famosa. Ele olhou para mim, disse que era o Romário e chutou a bola na minha direção.

— Vai garoto!

Eu pulei por cima dela e atravessei a rua na maior disparada. Todo mundo diz que ele é inofensivo, e vovô e mamãe acham ele muito engraçado, mas para mim, Mil Caras é um maluco que vive no mundo da Lua.

A cidade estava agitada por causa do jogo do Brasil pela Copa do Mundo. Bandeiras nas varandas, desenhos nos muros e asfalto, ruas enfeitadas de verde e amarelo. Eu seguia a pé para a escola olhando tudo até que, ao cruzar a porta de uma lanchonete, vi uma televisão ligada. Parei de estalo.

Não resisto a uma telinha de televisão; sem som, sem cor, não importa. É uma sensação estranha, como se tivesse um ímã que atraísse meus olhos e pregasse eles no vídeo. Ligo no televisor e desligo do mundo, sempre foi assim. Quando eu era menor, vivia me perdendo de mamãe porque a gente passava na frente das lojas de eletrodomésticos, eu parava e ela continuava andando.

A televisão mostra uma reportagem sobre o estádio onde, mais algumas horas, o Brasil iria decidir sua sorte no torneio. Parei e fiquei olhando, seduzido, hipnotizado, alheio a tudo o mais. Um senhor gordo tocou no meu ombro e eu acordei:

— Passa a mostarda — disse ele puxando conversa.
— Imagina como os jogadores devem estar se sentindo diante da responsabilidade de ganhar o jogo!

Olhei para ele e perguntei:
— O senhor imaginou?
— Imaginou o quê?
— Isso que acabou de dizer!
— Claro! Eles devem estar muito nervosos.
— Como é que o senhor faz para imaginar isso?

Ele ia levando o sanduíche à boca, parou e olhou muito sério para mim:
— Tá querendo me gozar, garoto?
— Não senhor, é que... acho o maior barato uma pessoa numa lanchonete na Zona Sul do Rio de Janeiro saber o que estão sentindo os jogadores no outro lado do hemisfério.

Ele deu uma dentadona e falou com a boca cheia:
— Não disse que sei. — Fez uma pausa. — Eu imagino.
— Mas aquilo que a gente imagina não é o que eles estão sentindo?
— Nem sempre, nem sempre...
— Então para que ficar gastando imaginação com uma coisa que pode não ser?

Ele levantou do banco resmungando "que garoto

mais pirado" e se dirigiu ao caixa para comprar outro sanduíche. A televisão passou a mostrar a entrevista de um jogador declarando que o time estava muito nervoso naqueles momentos que antecediam à partida. Foi minha vez de bater no ombro do homem gordo.

— Parabéns! — eu disse —, sua imaginação acertou: eles estão nervosos!

3

As aulas terminaram mais cedo e na saída encontrei o cego Raiban, que é professor de Música no Instituto dos Cegos, em frente ao meu colégio. A gente se esbarra de vez em quando e eu sempre esqueço que ele não enxerga porque às vezes passo distraído, conversando com outros colegas, e ouço ele se dirigindo a mim. Raiban reconhece todo mundo pela voz.

— Oi Tavinho! Já tá indo embora?

Virei o rosto na direção da pergunta e só então percebi ele andando devagarinho com sua bengala.

— Olá Raiban! Fomos dispensados para assistir o jogo.

— Quem não foi? — ele brincou.

— Você não vai ver?

— Vou ouvir!

— Ouvir? Sua televisão está com problemas? Se quiser...

Ia convidá-lo para ver lá em casa, mas Raiban não me deixou terminar a frase:

— Digamos que *eu* é que tenho problemas — respondeu sorrindo.

Voltei para casa sem olhar para os lados com medo de encontrar alguma televisão ligada pelo caminho. Tenho que fazer uma força danada para controlar meus olhos. Minha irmã diz que de tanto ver televisão acabarei perdendo os outros sentidos e quando crescer vou ficar com o olho do tamanho de uma bola de tênis.

Evitei atravessar a pracinha para escapar do Mil Caras, que toda vez que me vê me chama para tomar parte nas suas maluquices. A distância observei ele fazendo malabarismos com a bola ao mesmo tempo em que irradiava um jogo imaginário, provocando risos na "plateia".

O país inteiro encerrou o expediente no início da tarde. Só continuaram funcionando aqueles lugares que não podem parar: bombeiros, delegacias, hospitais, mas mesmo nesses locais duvido que não tivesse um televisor ligado em algum cantinho. Minha irmã falou que não gostaria de estar na pele de um paciente sendo operado durante a partida.

◆ 19

— Imagine Tavinho, o Brasil marcando um gol no momento em que o médico faz a cirurgia. Imagina o que pode acontecer!

Respondi: "Ahn-ahn", admitindo que imaginava, mas não fazia a menor ideia do que podia acontecer. Também não tinha a menor importância: ninguém está interessado em saber. Desconfio que as pessoas dizem "imagine" só por dizer. Não tenho ideia de como é um médico fazendo uma cirurgia no instante em que o Brasil marca um gol. Já vi na televisão muito médico operando e já vi também muitos gols da Seleção, mas as duas coisas juntas não consigo imaginar.

A televisão tinha chegado e esperava por mim dentro da caixa de papelão. Ao seu lado, Maria, a quem eu tinha pedido para ficar tomando conta e não deixar ninguém mexer. Quem tinha que fazer aquele parto era eu: abri a caixa, retirei o plástico, os calços de isopor e só não segurei-a no colo porque era muito pesada para mim.

Existe alguma coisa melhor do que retirar um aparelho novo da embalagem? Encostei o nariz na caixa e puxei fundo pelo ar.

— Hummmmm... adoro esse cheiro — convidei Maria a cheirar —, sente só que delícia!

Ela me olhou meio desconfiada, aproximou-se da caixa, abriu as narinas e aspirou sem muito entusiasmo.

— Tem cheiro de quê, Tavinho?
— De televisão nova, ora!
— Prefiro o cheiro do meu feijão.

Babá e Plim-Plim testemunhavam a calorosa recepção à recém-chegada. Elas tentavam se mostrar mais desligadas do que nunca, mas no fundo deviam estar se queimando de raiva. As televisões têm seus sentimentos: não são iguais aos nossos, mas elas sabem reagir, à sua maneira. Não contei que no dia da chegada de Plim-Plim, Babá deu defeito? Pois se ligasse elas naquele momento acho que as duas iam explodir.

— Não quer me dar uma das duas, Tavinho? — pediu Maria.

— Você já não tem a sua? Pra que outra?

— A minha é em preto e branco...

— Você não sabe imaginar? Imagina que ela é colorida.

— Não dá. Só sei imaginar de olho fechado.

— Então você imagina com um olho e vê com o outro!

— Poxa Tavinho! — ela choramingou —, pra que três televisões no quarto?

— Porque eu quero ver tudo, Maria. Tudinho!

Minha nova companheira trazia novidades. Papai fala que as fábricas acrescentam essas novidades para obrigar a gente a trocar de aparelho todos os anos.

— Maria, você sabia que essa televisão tem separador de sincronismo horizontal e circuito automático de desmagnetização?

Ela me lançou um olhar abestalhado enquanto eu fazia um ar de quem estava entendendo tudo.

— Vamos logo com isso, Tavinho. Eu tenho roupa para passar!

— Você sabia que ela tem também — eu lia o manual — um circuito de deflexão vertical com tiristor?

— Onde você quer botar essa televisão cheia de coisas?

— Ali, perto da janela — apontei.

— Não vai ficar muito longe de você?

Aí pulei com os dois pés em cima da cama e gritei: "Eu tenho a força!", exibindo o controle remoto como se fosse uma espada.

Era meu primeiro televisor com controle remoto. Para movimentar Babá e Plim-Plim eu tinha que ir até elas e ligar e mexer e girar os canais que as televisões antigas como Babá são muito cheias de vontade. Vovô conta que na sua juventude ele ligava o aparelho e tinha que ficar esperando esquentar, como se fosse uma torradeira. Agora eu podia ficar recostado na cama só dando ordens. Pulando de um canal para outro e mexendo na cor, som, brilho, volume, em tudo. Maria foi ficando zonza com aquele pula-pula de imagens.

— Eu hein! Que jeito mais esquisito de ver televisão! — e saiu para a cozinha.

Minha nova amiga precisava de um nome. Uma televisão que vem com tiristor só pode se chamar Fantástica.

4

Escrevi: "De repente escureceu e começou a chover". Minha irmã, que mexeu em muitos trechos do livro, achou a frase muito pobre e reescreveu:

"De repente ficou tudo cinza. Foi como se Deus tivesse mexido na Sua televisão e tirado a cor da Natureza. Depois Ele virou o botão do contraste e escureceu subitamente a tarde. Não satisfeito, foi aumentando o volume dos trovões. Logo começou a cair aquele chuvisco que aparece nos dias mal sintonizados".

Minha irmã é mesmo genial. Não sei onde ela vai buscar essas ideias. Que cabeça!

— Como você consegue, mana?

— Basta um pouco de imaginação!

— Um pouco? Precisa de imaginação à beça! Transformar Deus num telespectador...

Ela sorriu, superior:

— Ele já é um espectador privilegiado. Fica vendo tudo lá de cima!

— Sim, mas do jeito que você escreveu ficou parecendo que Ele vê pela televisão.

— Quem sabe? Quem sabe ele não está numa

sala cheia de telinhas e controles editando a vida aqui embaixo? — disse ela se afastando.

Eu me esforçava para reproduzir as imagens da mana na minha telinha interior, mas elas não combinavam: nuvens, televisores, relâmpagos, antenas e onde está Deus? Só consigo jogar na telinha aquilo que vi.

A chuva aumentava ameaçando virar temporal. A chamada para o jogo entrou no ar. Parei de brincar com os controles da Fantástica e tratei de ligar as outras que eu não ia deixá-las fora dessa transmissão. Plim-Plim dá muita sorte ao Brasil e Babá, pelo que sei, acompanha a Seleção há mais tempo do que eu, há 15 anos.

Minha irmã chegou da rua encharcada e ao invés de trocar de roupa meteu a cara no meu quarto para encher o saco.

— Por que três aparelhos ligados, Tavinho?

— Porque não tenho quatro! — engrossei logo.

Ela abanou a cabeça com um ar de reprovação e disse que a imagem seria a mesma para todos os canais. Ela pode ser um geniozinho, mas me deixa muito irritado quando resolve dizer como são as coisas.

— Tá legal! — reagi. — A imagem é a mesma, mas os locutores e os comerciais são diferentes!

— E quem está interessado em ver comerciais?

— Eu! Eu quero ver tudo! Pronto!

— Três locutores ao mesmo tempo? Ninguém vai entender nada.

— Deixa mana! Só quem vai ver o jogo aqui sou eu e papai. A galera vai lá para a salinha.

Na reforma do apartamento, mamãe mandou fazer uma salinha só para televisão. É por isso que eu digo que a televisão é mais importante do que qualquer outro eletrodoméstico. Nunca ouvi falar que a geladeira ou a enceradeira tivessem sua salinha.

A televisão da salinha se chama Abelha-Rainha porque, segundo papai, tudo dentro de casa gravita em torno dela. Sou a favor de que todos os televisores tenham nome (o de Maria, em preto e branco, atende por Botafogo). Eles dão tantas alegrias, provocam tantas emoções, ensinam tanta coisa à gente que não podem ser simplesmente chamados de "aparelhos". Às vezes fazem mais companhia do que um ser humano.

Mamãe escutou minha discussão com a mana e apareceu na porta dando ordem: "Vamos ver o jogo todos juntos". Detesto assistir futebol ao lado das mulheres que não entendem nada e ficam falando um monte de besteiras.

— Só vou se puder levar a Fantástica!

— Tudo bem — falou a xereta da mana. — Mas sem som!

— Então vou levar também as outras!

Minha irmã ficou furiosa:

— Não senhor! Quatro aparelhos naquela salinha! E nós, onde ficamos? Em pé no corredor?

Maria carregou a Fantástica e eu me senti muito pouco à vontade para desligar Babá e Plim-Plim. Prometi que à noite veria nelas o videoteipe completo da partida.

— Onde é que eu ligo? — berrou Maria com a Fantástica no colo. — Não tem tomada sobrando!

Num ponto eu concordo com a mana. Quando ela acusa as firmas construtoras de ficarem economizando buraco de tomadas nos apartamentos. A gente tem que se virar com benjamins, e como nunca ninguém tem sobrando, pedi um emprestado ao vovô, que mora no andar de cima.

Papai entrou em casa todo molhado e minha irmã foi logo dizendo:

— Parece um pinto pelado, não parece?

Eu disse que sim para encurtar a conversa, mas para mim ele parecia com o que sempre foi: nosso pai, só que todo molhado.

Papai vestiu o mesmo "uniforme" da Copa anterior, guardado para a ocasião, e instalou-se na sua poltrona. Eu, Maria e a mana sentamos no tapete; mamãe e vovô no sofá, e titia, que fica sempre com as sobras, na cadeira dura. O juiz chamou os dois capitães e atirou a moeda para o alto.

— Pra que eles estão tirando cara ou coroa? — mamãe iniciava sua série de perguntas.

— Para escolher o lado do campo — respondeu papai com uma calma contida.

— Mas os dois lados não são iguais? — agora era titia.

Antes que alguém achasse um lado maior do que o outro, abrindo uma interminável discussão, papai falou grosso e pediu silêncio. No meio do silêncio entrou a voz de Maria.

— Por que o juiz tá todo de preto?

Papai não aguentou e respondeu:

— Ele perdeu a mãe!

O juiz de luto apitou o início da partida. Maria fez figa, mamãe fez o sinal da cruz, papai fez um gesto de incentivo e Deus fez a maior sujeira: desligou a Natureza.

Ficou tudo no escuro.

5

Papai soltou um palavrão, mamãe pediu uma vela, vovô perguntou pela lanterna, titia procurou um fósforo, Maria falou que tinha pavor de escuro e a mana anunciou que não havia luz nas redondezas. Eu, não sei por que, lembrei do cego Raiban.

Os três cotocos de vela que Maria encontrou na cozinha tiraram a gente da completa escuridão. Papai pegou o rádio de pilha, botou sobre a televisão e continuamos todos ali, ouvindo o jogo na mesma posição. Passados alguns minutos minha irmã levantou-se:

— Por que permanecemos olhando para uma televisão desligada?

— Porque o rádio está em cima dela — ponderou titia.

— E daí? A vantagem do rádio é exatamente de não precisarmos ficar olhando para ele!

— É o hábito, filha — disse mamãe.

— Se entrar alguém aqui agora — falou a mana, ácida — vai pensar que somos um bando de malucos!

Ela falou e imediatamente deu as costas para o rádio. Os outros então se mancaram e resolveram se movimentar na salinha. Titia ergueu-se da cadeira dura; vovô foi à janela avaliar o temporal e papai virou de lado, porque rádio é para se "ver" com o ouvido. Eu continuei de olho na Fantástica e na Abelha-Rainha torcendo mais pela volta da luz que pela Seleção. Vovô retornou ao sofá:

— Estou me recordando da Copa de 58 — disse.

— Você também ficou no escuro, vô?

— Não havia transmissão pela televisão, Tavinho. Ficávamos todos assim, à volta do rádio.

Vovô fez o comentário com a maior naturalidade. Falou com saudosa satisfação, como se ouvir um jogo inteiro pelo rádio pudesse ser uma coisa boa.

— Devia ser um saco, vô — observei —, acompanhar uma partida sem ver nada!

— Que jeito!

— E as pessoas que queriam ver um jogo, como faziam?

— Se fosse na cidade tinham que ir ao estádio...

— E se elas estivessem distraídas na hora do gol? — perguntei curioso. — Não iam poder ver nunca mais...

— Bem, às vezes passavam os gols no cinema.

— Quer dizer que para ver um jogo as pessoas tinham que ir ao estádio e depois ao cinema, vô?

— Ou então se contentar em ver fotos!

— Ainda bem que não nasci nesse tempo! Detestaria futebol se tivesse que sair de casa!

Papai, apenas papai, continuava ligado no jogo. Sentado de lado, pernas cruzadas, ouvia o locutor com um olhar parado como se estivesse olhando para dentro, para sua telinha interior. O resto da família desinteressou-se pela transmissão e continuava ali somente por não saber o que fazer no escuro.

— Será que a luz vai demorar a voltar? — mamãe inquietava-se.

— Morro de medo de escuro — balbuciou Maria.

— Por que Maria? — e brinquei. — Você já é escura!

— Ah, não sei. Fico imaginando coisas.

— Que vai aparecer uma assombração, uma alma do outro mundo — intrometeu-se a mana.

— Como você imagina isso, Maria? — eu queria saber.

— Sei lá, Tavinho. Aparece na minha cabeça, sem querer.

— Você não disse que a gente comanda a própria imaginação? — perguntei para a mana.

— Nem sempre, Tavinho. Às vezes é a imaginação que comanda a gente!

Eu também já tinha me desligado do jogo. Não consigo gostar de ouvir futebol. A mana deu uma sugestão:

— Por que você não se concentra no locutor e faz como papai: movimenta os jogadores no campo da sua imaginação?

Não custava tentar: sentei com a orelha de frente para o rádio e procurei acomodar o olhar no lustre da salinha. Eu tinha que "ligar" o sentido da audição e manter os olhos imóveis, em ponto morto. Sob a luz das velas, porém, comecei sem querer a observar o lustre, seu desenho, suas sombras e esqueci do jogo. A irradiação do locutor entrava pelos meus ouvidos como uma barulheira sem sentido.

Tentei conter meu olhar na parede, na janela, no tapete, mas não adiantou: meus olhos têm mais força que meus ouvidos. Vou para onde meus olhos me levam. O que é visto não precisa ser imaginado; o que é escutado precisa, mas novamente eu percebia que também faltava luz no campo da minha imaginação.

— O locutor irradia muito rápido — comentou mamãe.

Sem saber ela arranjou uma boa desculpa para mim. O que ninguém percebeu é que nossas dificuldades são diferentes. Mamãe não entende nada de futebol e mesmo que o locutor transmitisse lentamente ela teria dificuldades em reproduzir na sua telinha uma realidade desconhecida.

Não é esse o meu caso: conheço futebol e posso puxar da memória cenas de jogos que já vi na televisão. O que não consigo recriar na minha telinha interior são as situações descritas pelo locutor. Sem combinar imagens, os jogadores correm desordenados e eu nunca sei onde está a bola.

— Tem razão — concordei com mamãe. — Assim não dá pra gente acompanhar.

Vovô fez um de seus comentários cheios de sabedoria:

— O rádio é um ótimo exercício para a imaginação. Minha geração é muito criativa porque na juventude ficávamos ouvindo seriados, radionovelas, e tínhamos que imaginar tudo...

A mana achou muito interessante:

— Nunca havia pensado nisso, vô — disse, para surpresa geral, porque ela sempre pensa em tudo. — Fala mais...

Em vez de falar, vovô preferiu ilustrar. Apagou as velas, pediu a papai para reduzir o volume do rádio e disse que iria fazer uma representação. Como bom filho de português, começou a recitar *Os Lusíadas* de Camões, com a voz completamente mudada, naquela escuridão:

As armas e os barões assinalados,
Que da ocidental praia Luzitana,
Por mares nunca d'antes navegados,
Passaram muito além da Taprobana...

Avançou por mais alguns versos, parou e perguntou:

— Como vocês imaginaram o dono dessa voz?

Minha irmã saiu na frente, como de hábito:

— Imaginei um homem de bigodes finos, barba aparada, com aquelas roupas coloridas do século XVI e uma venda preta no olho direito!

Poxa! Ela imaginou até o olho! Fiquei impressionado com os detalhes de criatividade da mana.

— Você não imaginou nada, filha! — disse vovô sorrindo.

— Como não, vô? — reagi surpreso.

— Foi a imagem que me veio à cabeça quando você começou a declamar — explicou-se ela.

— É a imagem do autor — afirmou vovô — que você já conhece e limitou-se a reproduzir sem qualquer esforço de imaginação.

A mana podia levar toda família na conversa, mas com vovô o buraco era mais embaixo.

— Eu imaginei gordo, meio careca, cara de bolacha, suíças acentuadas... — disse titia.

— Eu imaginei um homem de rosto magro em cima de um corpo seco e comprido, parecido com aquele ator de telenovelas... — acrescentou mamãe.

— E você Tavinho?

Eu não imaginei nada. Para mim aquela voz, mesmo modificada, continuava sendo de vovô. Enquanto falava eu ouvia seu sotaque português se infiltrando na minha telinha interior e misturando-se com a cara dele que eu tenho na memória. Para não denunciar, porém, minha falta de imaginação, fiz uma expressão séria e respondi:

— Eu? Eu... eu me liguei mais na poesia.
Mamãe ergueu as sobrancelhas, orgulhosa:
— Que sensibilidade tem esse menino!

6

Não há muito o que fazer no escuro. Vovô, talvez para passar o tempo, começou a falar sobre livros. Ele é um homem muito culto; estudou na França, ensinou Letras e Filosofia na Universidade e escreveu um livro sobre um cara chamado Sartre. No apartamento onde ele mora com titia, sua filha solteira, tem um quarto com tantos livros que nem dá para se ver as paredes.

Ele disse que o livro mexe mais com a imaginação que o rádio e muito mais que a televisão.

— Quando um escritor descreve um personagem, cada leitor vai imaginar à sua maneira — falou.

— É verdade — concordou a mana —, a imaginação é muito pessoal.

— Mas quando a televisão mostra um personagem — continuou vovô — ninguém precisa imaginar nada: ele é aquele e não pode ser outro.

Aproveitei a conversa e como quem não quer nada perguntei a vovô o que era afinal a imaginação. Mamãe se adiantou para responder:

— Ora Tavinho, que pergunta mais boba. Imaginação é... é... é — e calou olhando para os outros também mudos e surpresos por não saberem definir algo tão presente e corriqueiro em suas vidas.

Vovô ajeitou-se no sofá para explicar, mas a sabichona da minha irmã antecipou-se:

— A imaginação é uma aposta do pensamento. A gente sempre imagina que uma coisa pode ser assim ou assada. Quando acertamos dizemos: "Era o que eu imaginava". Quando erramos, ressalvamos: "Nunca imaginei que pudesse ser assim".

Logo lembrei do comedor de sanduíches na lanchonete: sua imaginação apostou que os jogadores estavam nervosos e acertou na mosca. Papai descolou o ouvido do rádio e deu seu palpite de advogado:

— A imaginação é a possibilidade de ir e vir sem sair do lugar.

— Acho que é mais que isso, pai — voltou a mana. — É na casa da imaginação que o ser humano pode se passar por Deus.

Mamãe muito religiosa, reagiu:

— Que história é essa, filha?

Minha irmã nem ouviu, mais interessada em expor seu pensamento:

— É no terreno baldio da imaginação que nós podemos tudo. Podemos recriar a vida, destruir o mundo, viajar por outros planetas, estar em vários lugares ao mesmo tempo. Estou me vendo agora sentada num montinho da Lua admirando a Terra.

— E como você chegou lá? — perguntei intrigado.

— Deixe-me ver — ela pensou um pouco e disse —, de barco a vela.

Barco a vela? Levei um susto. Ninguém pode ir de barco a vela até a Lua. Aquilo tudo me parecia uma doideira.

— Não é não — respondeu ela agressiva. — Se você solta suas imagens no ar, elas acabam se perdendo. Mas se você dirige sua imaginação para um livro, um quadro, uma música, ela ganha vida própria.

— Toda obra de arte é temperada pela imaginação — disse vovô.

— Onde você pensa que a televisão vai buscar sua programação? — perguntou-me a mana.

— Na imaginação!

— Acertou!

Até que enfim dei uma dentro com a mana. Fiquei feliz porque ela confirmou o que sempre pensei: posso deixar minha imaginação por conta da Babá e das outras. Vovô, enfim, pôde falar:

— A imaginação é um truque ilusionista, um processo de criação animado pelo livre-arbítrio de cada um de nós.

Mamãe pegou um toco de vela e deixou a salinha acompanhada de Maria. As duas fazem isso sempre que vovô começa a dizer coisas que lhes parecem incompreensíveis. Vovô prosseguiu, informando que existem dois tipos de imaginação: a criativa e a reprodutiva, esta também entendida como memória visual, que é a única que tenho, e como tenho! Concluiu afirmando que muitos estudiosos "acham a imaginação o principal atributo dos seres racionais, mais importante até que a inteligência".

Não entendi: como é que ele chama a imaginação de truque e depois vem dizer que é mais importante que a inteligência?

— Como é isso, vô?

— A imaginação é um truque de fato, mas saber fazer bem esse truque é uma arte!

— Tem gente que não sabe... — puxei a brasa para minha sardinha.

— Essa possibilidade não existe, filho. Todo homem tem imaginação, uns mais outros menos. O Mil Caras por exemplo é dono de uma imaginação espantosa!

— Ele é maluco, isso sim! — reagi.

— É um pobre coitado que para superar sua realidade insuportável vive se refugiando na pele de outras pessoas. É o mundo do imaginário que o mantém vivo e lúcido!

Se bem entendi o raciocínio de vovô, a imaginação é uma porta de saída para quem não aguenta o tranco da realidade. Eu não tenho nada a reclamar da minha: sou muito feliz ao lado de Babá, Plim-Plim e

Fantástica. Qual o garoto que tem três televisores no quarto?

A energia reapareceu para alegria geral. Apagamos as velas, retomamos nossos lugares e papai ligou a Abelha-Rainha. Só chuvisco. Dei um salto sobre o controle remoto da Fantástica e apertei as teclas dos canais: tudo fora do ar.

Corremos, eu e vovô, ao apartamento dele e ligamos seu aparelho, que também não deu as caras. Aí batemos no vizinho que se preparava para bater no vizinho para perguntar o que havia acontecido com a televisão. Algo de muito esquisito tinha acontecido. A energia retornara, mas as emissoras de TV, por alguma razão, continuavam sem som, sem imagem, sem nada.

Fomos para o telefone, eu e vovô, e ficamos ligando para a Companhia de Energia que só dava ocupada. Depois de muito tempo consegui falar e a voz do outro lado pediu paciência "porque estamos verificando o defeito".

— E qual é o defeito? — perguntei.
— Imagino que seja nos transmissores.
— Imagina? O senhor sabe que a imaginação é uma aposta do pensamento?
— O quêêê??
— E se sua imaginação estiver errada?
— Como?
— De que imaginação o senhor está falando? Da criativa ou da reprodutiva?

O mal-educado bateu o telefone.

O jogo terminou pelo rádio com a derrota do Brasil. Papai foi o único que acompanhou até o finalzinho e ficou muito chateado com o resultado que não me incomodou a mínima: eu estava muito mais preocupado com o misterioso desaparecimento das imagens da televisão.

Aquela demora já estava me deixando aflito, a mim, à mamãe e aos outros. Todos os aparelhos funcionavam normalmente, só a televisão é que resolveu se fingir de morta. Por que não pifou o barbeador elétrico do papai? ou o secador da mana?

Foi me dando um nó na garganta e eu corri ao quarto da mana em busca de uma luz.

— Que que a gente pode fazer?

Ela lia, deitada, indiferente, como se nada tivesse acontecido. Olhou-me por cima dos óculos e respondeu:

— Nada.

— Você não imagina? Nadinha?

— Imagino que as imagens tenham sido roubadas.

Eu já tinha ouvido falar em roubo de imagens sacras, mas imagens de televisão não sei como podem ser roubadas.

— Quem sabe uma quadrilha não desviou o sinal das emissoras, como antigamente desviavam o curso dos trens? — disse ela parecendo se divertir.

— Desviou para onde? — perguntei assustado.

— Talvez a essa hora nossas imagens estejam entrando na televisão da Noruega!

Minha irmã estava me gozando. Só podia ser

uma provocação, como ela gosta de fazer comigo. Bati o pé e reagi contrariado:

— Fala sério, mana!

— Quer saber mesmo o que imagino? Que as televisões entraram em greve reivindicando melhores telespectadores.

Ela falou com um ar tão sisudo que eu acreditei:

— E quanto tempo vai durar essa greve?

— Depende das negociações. Enquanto não melhorar o nível emocional e cultural do telespectador ela não volta. Desconfio que garotos como você, que pensam que a vida se resume a ver televisão, não poderão mais assistir...

Nem esperei ela concluir. Abri um berreiro que a casa toda correu para acudir.

— EU QUERO VER TELEVISÃO! — berrei.

— Eu também — disse mamãe entrando. — Todo mundo quer, filho. Não precisa chorar. Ela já vai voltar.

Continuei aos prantos e apontei para a mana:

— Ela disse que não vou poder mais ver televisão...

— Você disse isso pro menino? — mamãe ralhou.

— Tava só brincando, mãe. Tavinho precisa perder essa dependência. Parece um viciado. Qualquer dia vamos ter que conectar um fio da televisão na veia dele...

Mamãe deu uma bronca na mana e eu aumentei o volume do choro.

— QUERO VER TELEVISÃO!

— Vamos ver uma fita no vídeo — propôs titia.

— Não quero! Não gosto de vídeo! Quero ficar mudando de canal!

— Daqui a pouco ela volta, filho — disse mamãe. — Enquanto isso, por que não vai brincar no *play* com os outros meninos?

— Não quero! Não gosto! Aquelas brincadeiras são muito chatas!

— Então vai ler um livro — sugeriu vovô.

— Não gosto! Me dá sono! Vou ficar sentado no meu quarto até a televisão voltar!

Acabei dormindo. Nem sei por quanto tempo dormi; acordei com mamãe entrando no quarto:

— Ela voltou? — perguntei animado.

— Ainda não, filho... não sei mais o que fazer!

Mamãe retorcia as mãos, mais nervosa do que antes. Eu sei por que ela estava mais nervosa: aproximava-se a hora da novela que ela acompanha com um fervor religioso. Mamãe tornou a sair do quarto — estava feito uma barata tonta — e eu escutei ela falando com titia no corredor:

— Se a televisão não voltar em meia hora eu vou assistir a novela na casa do meu cunhado!

Pulei da cama para ir com ela quando escutei papai dizendo que já tinha ligado para a casa do irmão:

— Também não há imagens na Tijuca — sentenciou ele.

— Então atravesso a ponte e...

— Vai ver o que está vendo aqui: chuviscos — cortou titia.

— Mas é a cidade inteira? — esbravejou mamãe. — O Estado todo?

— O país? o mundo? a Via-Láctea? — emendou a mana, se metendo na conversa.

Deixei o quarto e fui participar também:

— Se demorar mais um pouco sem televisão, vou ter um enfarte — eu disse dramático.

Papai admitiu que, dependendo do tamanho da pane, "não voltaremos a ver televisão tão cedo". Suas palavras me fizeram sentir uma dor no peito e na alma.

— Vamos ligar para alguém e saber — propôs titia.

— Isso! — concordou a mana. — Liga aí para Moscou.

— Não conhecemos ninguém em Moscou — disse mamãe.

— E precisa? — voltou a mana, sempre curtindo. — Liga e pergunta se a televisão está no ar.

— Não é melhor começarmos pelo Estado do Rio? — sugeriu papai.

— Ótimo! Vamos ligar para onde? — mamãe perguntou e ela mesma respondeu. — Petrópolis! Eu sei o código telefônico de lá!

Mamãe pegou o fone na maior animação, mas não teve tempo de teclar nem o segundo número e vovô surgiu com a notícia:

— O país inteiro está sem televisão!

7

As estações de rádio informavam em edições extraordinárias os motivos da pane geral no sistema de telecomunicações. Vovô ouviu e contou pra gente:

— Foi tudo por causa de uma anomalia magnética que se agravou em condições meteorológicas adversas e se espalhou por todo o país.

Continuamos olhando para a cara dele, como se vovô tivesse falado em russo. Ele ia prosseguir, na maior naturalidade, quando mamãe interrompeu:

— Quer explicar que negócio é esse de "anomalia magnética", pai, ou não vai adiantar nada você continuar falando.

A exibida da minha irmã antecipou-se:

— Bem, anomalia, vocês sabem, é uma deformação, uma irregularidade, e magnético é tudo aquilo que tem as propriedades do ímã, um óxido natural de ferro que atrai o ferro e outros metais.

— E o que tem a ver isso com a televisão fora do ar? — titia fez a pergunta que estava na cabeça de todos nós.

Antes que minha irmã tornasse a abrir a boca, pedi que deixasse o vovô explicar e acho que ela só consentiu porque também não conhecia a resposta.

— O planeta Terra funciona como um ímã gigante — disse vovô. — É por isso que nós, soltos na superfície dele, não caímos no espaço.

— É por isso também que tudo o que sobe, desce — acrescentou a mana.

— Como o elevador? — resolvi me meter.

— Cala a boca, Tavinho! Deixa vovô explicar! — bronqueou a mana.

Vovô explicou que esse ímã não tem a mesma força em todas as regiões:

— No Brasil, por exemplo, o campo magnético é três vezes mais fraco que nos Estados Unidos.

— Tinha que ser! — gemeu papai. — Até no campo magnético os americanos são superiores a nós.

— Vai ver esses políticos venderam parte do nosso campo magnético — acrescentou a mana.

— Eta paizinho complicado esse! — resmungou titia.

Mamãe aflitíssima pediu que cessassem os comentários paralelos para vovô acabar de falar "porque até agora não entendi o que tem a ver tudo isso com o fato de eu não poder assistir minha novela".

— Você já vai entender — disse vovô retornando aos tempos de professor. — Ao redor da crosta terrestre circula uma enorme quantidade de partículas carregadas de prótons e elétrons que são mantidas a distância pelo campo magnético que atua como uma espécie de cortina.

— Impede essas partículas de chegarem até nós. É isso? — mamãe esforçava-se para entender tudo direitinho.

Vovô assentiu com a cabeça e prosseguiu:

— Só que nas áreas onde esse campo é mais fraco, as partículas penetram, bombardeiam a composição natural do ar e provocam sérias consequências na, digamos, "saúde" da atmosfera. Uma delas, como aconteceu agora, é o bloqueio dos sinais eletromagnéticos que permitem o trânsito das ondas curtas — fez uma pausa, concluindo enfático — e das transmissões de televisão. Entenderam?

Minha irmã, como não dá o braço a torcer, disse "mais ou menos" e saiu da salinha, com certeza para pesquisar o assunto. Eu e mamãe não entendemos nada, mas o que interessava mesmo no momento era saber, depois disso tudo, quando a gente ia poder assistir televisão novamente.

— Infelizmente não há nada que o homem possa fazer. Ainda não existe um aspirador de pó espacial que retira esse excesso de partículas do ar. Tanto pode demorar 24 horas como um século! — sentenciou vovô.

— Um século?? — mamãe pulou —, então não vou ver o resto da novela! Um século! Imagina!

Eu não tinha a menor ideia de como era imaginar um século. Quantos dias têm cem anos? É muita coisa e ninguém consegue imaginar um dia atrás do outro até completar um século. Quem quiser chegar lá vai se perder pelo caminho. Não dá para imaginar! É como querer ver o que está acontecendo a cem quilômetros daqui.

— Engano seu, filho. A imaginação não tem limites!

— Mas daqui a um século estaremos todos mortos. A imaginação da gente vai além de um tempo em que já não estaremos vivos?

— Você pode jogar sua imaginação para daqui a um milhão de anos.

— Como é que se faz isso, vô?

— Dando um salto no tempo!

— E pode? A imaginação não segue o calendário?

Vovô riu da minha pergunta. A essa altura mamãe já tinha se retirado, desolada como se deixasse um velório.

— Escuta, filho. Você vai gastar o mesmo tempo para imaginar alguma coisa amanhã, daqui a dez ou cem anos.

Eu não conseguia entender essa matemática da imaginação.

— Ninguém gasta o mesmo tempo para distâncias diferentes, vô. Cem anos está muito mais longe do que dez anos!

Vovô ria, parecendo se divertir com meus argumentos.

— Sim, do ponto de vista da realidade — disse ele —, mas a imaginação é outro departamento. Na imaginação vale tudo. Vamos imaginar alguma coisa para daqui a dez anos.

Logo eu? Não consigo imaginar nada para daqui a cinco minutos. Tratei de dar um drible no vovô.

— O que, por exemplo, vô?

— Vamos imaginar... uma espécie de guarda-

-chuva aéreo que leve as pessoas de um lado para o outro.

Minha telinha interior, como sempre, não conseguia criar ou combinar imagens: mostrou apenas um guarda-chuva comum e um helicóptero. Mas eu disse ao vovô que estava acompanhando sua imaginação.

— Agora — tornou ele — imaginemos qualquer coisa para dentro de um século. Digamos que daqui a cem anos o homem poderá morar no espaço. Haverá plataformas espaciais individuais e familiares.

A única imagem que apareceu na minha telinha interior foi a de uma casa de madeira sendo levada pelos ares por uma ventania, como vejo na televisão. Mas fiquei na "minha".

— Muito bem, vô. E daí?

— Veja que gastamos o mesmo tempo para imaginar coisas diferentes em épocas diferentes.

— É verdade! — exclamei.

— Sabe por quê? O tempo não existe na imaginação. Nem o tempo nem o espaço.

Achei que deveria perguntar:

— O que existe então?

— Imagens! Na imaginação só existem imagens, que não precisam ter qualquer compromisso com a realidade. Você pode imaginar o que quiser, onde quiser, como quiser. Foi por isso que eu disse que a imaginação é uma mágica.

"Que não tem nenhuma importância", completei baixinho e resmunguei: "Que mágica boba!".

Mamãe reapareceu interrompendo nossa conversa, interessada em questões mais objetivas. Parecia que ela tinha saído para pensar em alguma coisa. Perguntou ao vovô:

— Se o homem não pode fazer nada para a televisão voltar, quem pode? Deus?

— É uma hipótese — respondeu vovô com ironia.

— E se Deus quiser nos castigar?

Vovô pensou um pouco e retrucou:

— Já está castigando. Ou não faria isso com o povo que mais assiste televisão no mundo.

8

Maria botou o jantar e pela primeira vez desde que nasci vi toda a família reunida à volta da mesa.

— Como nos velhos tempos! — exclamou vovô satisfeito.

Ele disse que no passado era assim: as pessoas sentavam juntas, conversavam e trocavam ideias na hora das refeições. Disse que foi a chegada da televisão que provocou uma debandada geral. Eu fiquei calado, mas me irrita muito ver alguém falando mal da televisão. Para mim ela apenas permitiu que cada um comesse quando quisesse, porque as pessoas não são obrigadas a sentir fome à mesma hora.

— Vamos conversar sobre o quê? — perguntou vovô; que não obtendo resposta continuou. — Não podemos perder essa oportunidade. Ela talvez não se repita nunca mais.

— Qualquer coisa — resmungou mamãe desinteressada.

— Eu queria fazer um comentário sobre o jogo...

— Ah! Futebol não! — mamãe cortou a frase de papai.

— Então vamos meter o pau no Governo — propôs vovô.

— Política nem pensar! — voltou mamãe.

— Existe algum tema mais relevante do que o sumiço da televisão? — indagou titia.

— Ah! Eu não aguento mais falar sobre isso! — disse papai.

— Nem eu! — concordou a mana.

E mergulhamos todos num longo silêncio.

Eu havia colocado Fantástica sobre o aparador, na minha frente, mantendo seu controle remoto ao lado do meu prato, como um talher. Não acreditava que a TV fosse demorar muito mais fora do ar porque papai falou que os donos das emissoras são poderosos "e logo vão dar um jeito nisso".

Eu dava uma garfada, ligava e desligava Fantástica; dava outra garfada, ligava e desligava e ligava e desligava, até que papai saiu do seu silêncio e bateu na mesa:

— Para com isso, Tavinho! Que mania!

— Só quero saber quando a imagem vai voltar.

— Você vai saber! Vai ser uma barulhada infernal por esse país afora!

A comida estava uma gororoba intragável. Maria é uma grande cozinheira, mas desta vez errou a mão, salgou tudo e queimou o arroz. Eu deixei cair um pedaço de goiabada no chão, titia se engasgou com a farofa e mamãe virou a garrafa de água na toalha. Minha irmã, que não perde uma chance, falou que "o sumiço da televisão está mexendo com o equilíbrio de muita gente". Mamãe, que se manteve calada o tempo todo, resolveu apelar:

— Amanhã cedinho vou à igreja iniciar uma novena para Nossa Senhora fazer com que a televisão volte logo.

— E eu vou à minha astróloga — emendou titia. — Talvez a conjuntura astrológica explique alguma coisa...

— E eu vou procurar o pastor da minha igreja — arrematou Maria, de passagem.

O jantar acabou e as pessoas ficaram vagando pelo apartamento feito almas penadas. Eu mesmo não sabia o que fazer. Experimentava uma sensação esquisita, como se estivesse solto no espaço, feito os astronautas que ficam boiando dentro das naves. Foi me dando sono, uma vontade de me encolher debaixo das cobertas e só abrir os olhos quando Babá e as outras voltassem a agitar.

Minha irmã ao me ver acabrunhado num canto veio até a mim:

— Não fique assim, irmãozinho — disse carinhosa.

— Fico sim — resmunguei. — A vida perdeu o sentido para mim.

— Que bobagem! — ela sorriu meiga. — A televisão é só um eletrodoméstico.

— Pra mim é muito mais! É minha razão de viver!

— A humanidade viveu milhares de anos sem televisão, Tavinho, e nunca deixou de fazer as coisas.

— Pois eu sou aquela parte da humanidade que não sabe fazer as coisas sem televisão.

A mana sorriu e afagou meus cabelos, delicada:

— Não adianta ficar emburrado. Faz o jogo do "faz de conta". Às vezes é preciso brincar para se suportar melhor a realidade.

— Faz de conta o quê? O quê? — perguntei desafiador.

— Por que você não faz de conta que engoliu a televisão?

Lá vinha ela com suas birutices.

— Eu? Engolir a televisão?

— Você não diz que lembra de tudo o que vê na televisão? Então. Fecha os olhos e faz de conta que a televisão está dentro de você. Pega os programas que quiser e exibe na sua telinha interior.

Fechei os olhos e só então percebi que lembrava apenas de cenas fragmentadas, nunca dos programas inteiros, como tinham ido ao ar.

— O que estiver faltando — disse ela — você completa com sua imaginação!

Era impossível: eu "via" uma cena ou duas ou três e quando elas acabavam minha cabeça não sabia para onde ir. Antes que minha irmã começasse a desconfiar da minha falta de imaginação, resolvi parar:

— Escuta mana, não precisa se preocupar comigo. Faz de conta que não estou aqui; faz de conta que só volto quando a televisão entrar no ar, tá?

As rádios continuavam metralhando informações sobre a pane da televisão. Vovô, debruçado na janela, recordava-se dos tempos em que o som das emissoras de rádio inundavam a cidade.

Peguei o radinho e em todas as estações só havia notícias, debates, entrevistas, mesas-redondas, um falatório dos diabos em torno do sumiço das imagens. Qualquer outro eletrodoméstico não mexeria tanto com as pessoas, mas a televisão ocupa o centro do mundo: ninguém vive sem televisão. É só olhar os barracos: os pobres podem não ter comida na mesa, mas todos têm sua parabólica espetada no telhado.

Numa rádio, o locutor entrevistava uma tal de dona Valquíria dos Santos da Zona Oeste:

— O que a senhora está fazendo nesse exato momento, querida ouvinte? — perguntou.

— Nada — respondeu ela —, estou olhando para o televisor apagado na minha frente.

— E o que está sentindo? Pode dizer aos nossos ouvintes?

— Nem sei explicar, é uma tristeza, um silêncio; é como se tivessem sequestrado alguém da família. Há um vazio dentro de casa.

— A querida ouvinte já ouviu falar que ela pode demorar um século para voltar?

— Deus me livre e guarde que isso não vai acontecer. Eu não sei viver sem ela. Já disse pro meu marido que se ela não voltar vendo tudo, pego as crianças e vou morar num lugar que tenha televisão.

A entrevista de dona Valquíria de repente me acendeu uma luz. Ninguém é obrigado a viver num país sem televisão! É isso aí! Se ela demorar a voltar vou fazer como papai quando era estudante, bater numa embaixada e pedir asilo. Pensei nisso e corri ao quartinho de Maria.

— Você vai comigo?

— Claro que vou, Tavinho. Você acha que isso aqui é vida? Acabar de servir a janta e ficar deitada no quarto olhando pro teto?

Combinamos que quando não aguentássemos mais, a gente pegaria uma muda de roupa e se mandaria para um país que tivesse televisão, "a cores", exigiu Maria. Ela jurou não contar para ninguém nosso plano secreto e eu voltei para a sala mais animado. Só estava preocupado em deixar Babá e Plim-Plim, minhas companheiras inseparáveis. Será que as embaixadas também aceitam pedido de asilo de televisores?

Na sala todos procuravam fingir indiferença diante da falta da televisão. Papai ouvia música clássica, recolhido ao seu silêncio costumeiro, mas de vez em quando abria um olho na direção da Fantástica sobre o aparador. Titia lia jornal sem mudar de página e volta e meia aproximava o ouvido do radinho de vovô para escutar as notícias. Vovô era o único que parecia realmente despreocupado: de radinho na mão, viajava de volta à sua juventude.

Mamãe escondia sua ansiedade no telefone, onde se pendurou desde que saiu da mesa. Ela é fanática por telenovelas: vê reprises, lê os resumos dos capítulos, sabe tudo o que vai acontecer e conversa mais com os personagens do que com papai. Depois de mim, ela é a pessoa que passa mais tempo na frente da televisão; diferente de papai que só aparece para ver esportes e da mana que só assiste esses programas do mundo animal para ficar perguntando se a gente sabe como se reproduz o ornitorrinco.

Ao cruzar a sala, mamãe segurou o fone e me deu um berro:

— Tavinho! Tive uma ideia! Corre lá no videoclube do *shopping* e pega um filme pra gente assistir.

Eu não suporto fita de vídeo. Ninguém entende como eu, gostando tanto de televisão, detesto essas fitas. Explico: os vídeos não têm vida própria, vivem de explorar a televisão. Minha irmã diz que o videocassete está para a televisão como o boneco do ventríloquo para o ventríloquo. Faltam canais ao vídeo, faltam comerciais, atualidade, variedade e sobretudo a vibração dos televisores.

A ideia de mamãe, porém, foi muito bem recebida por todos e até Maria surgiu na sala com cara de sono. Acho que na falta da televisão todo mundo sentiu vontade de olhar para a telinha.

— Que gênero, mãe?

Ela tornou a segurar o fone, aflita:

— Qualquer um, drama, comédia, policial.

Traz uns três! Não, traz cinco! Chama sua irmã para ir com você! Espera! Pega uns dez!

9

A noite, observei, estava deserta. Pouca gente na fila do cinema, a livraria vazia, a pizzaria com meia dúzia de fregueses, apenas a farmácia apresentava algum movimento. Minha irmã disse que isso era esperado: o sumiço da televisão tinha proporções de uma tragédia nacional.

— As pessoas estão recolhidas às suas casas — comentou. — Algumas perdidas, outras assustadas, todas esperançosas de que as imagens voltem logo para restabelecer a rotina e a segurança de suas vidas.

A mana dizia sentir no ar aquele peso que sucede às grandes ressacas coletivas. Eu caminhava ao lado dela olhando para os prédios à procura da luz

◆ 57

azulada das TVs, que escapa pelas janelas. Ao entrarmos na pracinha, apertei sua mão com mais força. Ela notou e comentou:

— Ele dorme cedo, Tavinho...
— Por que deixam ele solto?
— Por que deveriam prendê-lo?
— Porque o Mil Caras é maluco.
— Quem disse?
— Um sujeito que vive metido na pele dos outros não é normal.
— Não pode ser um artista?

Minha irmã tem sempre um argumento, nunca vi! Ela nunca concorda comigo. Acabo de falar e lá vem ela com uma resposta prontinha contrariando o que digo.

— Aposto que se você visse o Mil Caras na televisão ia achar ótimo — continuou ela.
— Tudo na televisão fica ótimo, mana.
— E no circo?
— Não sei. Nunca fui a um circo.
— Sabe o que penso? Que você acha que a fantasia, a imaginação só deve existir na televisão e não na vida. Na televisão pode, na pracinha não pode... não é isso?

Eu não sabia o que dizer. Essa conversa sobre imaginação é muito confusa para mim. Uma vez o cego Raiban me disse que não adiantava falar para seus pais, cegos de nascença, que o céu é azul e a mata é verde porque eles não conheciam as cores. Também não conheço minha imaginação.

— Não é isso? — insistiu ela.

— Ah, não sei mana — reagi. — Não quero mais falar sobre o Mil Caras. Tenho medo dele e pronto!

Ao entrarmos no *shopping* passou por nós uma mulher imensa, esbaforida, carregando uma sacola cheia de fitas de vídeo. Pensei que ela tivesse roubado, mas logo vieram outras pessoas atrás gritando: "Aluga uma pra mim!". Minha irmã abanou a cabeça afirmando que tínhamos chegado tarde: não havia mais fitas no videoclube.

— Como você sabe?

— Tô imaginando, por essa correria atrás da gorda!

— Tomara que sua imaginação esteja errada.

Na entrada da loja, uma pequena multidão se desesperava ao ouvir o empregado do videoclube anunciar que não havia mais fitas para alugar, que todas as 2 345 fitas da loja já tinham sido retiradas.

— Não é possível — gemia uma mulher elegante —, procura bem, talvez ainda haja uma, umazinha esquecida num canto...

O empregado bloqueava a porta e discorria feliz sobre sua experiência. Ao contrário das outras pessoas, ele não se mostrava nem um pouco chateado com o sumiço da televisão. Contou que quando o rádio anunciou de forma dramática a anomalia magnética, o vídeo foi invadido por uma massa humana que surgia de todos os lugares, obrigando ele a fazer como os supermercados nas épocas de escassez.

— Limitei o máximo de três fitas por pessoa — acrescentou ele orgulhoso de sua decisão.

Minha irmã voltou a falar da gorda, imaginando que ela fosse dessas mulheres espertinhas que leva parentes e vizinhos para as filas.

— Você nunca desliga a sua imaginação? — perguntei irritado.

— Pra quê? É de graça — brincou ela.

— Sua telinha interior vive sempre ligada?

— Às vezes eu é que desligo, ao dormir, mas a telinha continua trabalhando: fabricando sonhos.

Remexi minhas lembranças à procura de algum sonho, mas fui interrompido pela mulher elegante que choramingava ao meu lado:

— Eu preciso de uma fita. Eu preciso. Só consigo dormir vendo televisão.

Que coisa estranha ela dizia. Tem muita gente, eu mesmo, que pega no sono sem querer diante da telinha. Mas essa mulher faz da televisão um remédio para dormir, ou seja: liga o aparelho para NÃO VER. Sugeri à mana que dissesse a ela para fazer de conta que engoliu a televisão.

— Nesse caso não dá certo, Tavinho.

— Por quê?

— Se passar os programas na sua telinha interior vai ter que ficar ligada e não conseguirá dormir.

A mulher continuava se lamentando:

— Sem televisão não vou dormir, sem dormir não vou trabalhar direito, sem trabalhar direito vou ser despedida do emprego. Ai meu Deus!

Fiquei com pena da mulher, mas não imaginei nada que pudesse fazer para ajudar. Minha irmã sugeriu a ela que se hospedasse num hotel, desses com canal interno de televisão. A mulher iluminou-se, deu um beijo de agradecimento na mana e deixou o *shopping* apressada.

— Se eles estiverem lotados, tente os motéis — gritou a mana com um risinho mordaz.

Algumas pessoas continuavam por ali vagando, como que à espera de que caísse uma fita do céu. Chamei a mana para irmos embora. A gente ia ter que ficar vendo as três únicas fitas que haviam lá em casa: a da festa do meu primeiro aniversário feita por papai que está uma droga; outra de uma artista americana que mamãe comprou quando achou que estava ficando com a pele flácida; e outra de um cientista francês navegando pela Amazônia que não sei como foi parar lá em casa.

Ao descermos as escadas do *shopping* um crioulinho com jeito de menor abandonado encostou perguntando se queríamos comprar uma fita de vídeo.

— De quê? — perguntou a mana.

O garoto botou a fita na mão dela que leu na etiqueta: "*La Bohème* de Puccini, com Luciano Pavarotti — Primeira parte".

— Cadê a segunda parte? — ela perguntou.

— Não sei. Só tenho essa.

— O que é? — perguntei.

— Uma ópera e não tem o final.

Uma ópera, pensei, sem final e num vídeo é dose para leão. Mas só de pensar nas três fitas que me esperavam sugeri à mana ficar com ela, que o crioulinho vendia por qualquer trocado. Minha irmã admitiu que não podíamos voltar de mãos vazias.

— Vamos levar — disse ela —, qualquer coisa é melhor que nada.

Pois foi graças à meia-ópera que conseguimos dormir aquela noite. Quase todos na própria salinha da televisão.

10

Mamãe teve um pesadelo e acordou aos berros, de madrugada. Entrei no seu quarto: ela estava recostada na cama, o suor descendo pelo rosto, bebendo um copo de água com açúcar levado por Maria.

Ela contou seu pesadelo, ofegante, aos soluços. Disse que quando se viu, estava presa dentro da televisão, esmurrando a telinha, tentando sair. Estava no cenário da novela e olhando para fora via os atores no seu quarto, às gargalhadas, fazendo caretas, mexendo nos controles do aparelho.

— Parecia um filme de terror — disse ela, dando mais um gole.

"Eu corria de um lado para o outro", continuou, "sentindo-me sufocada, à procura da saída. De repente alguém mexia no controle da cor e os tons iam tornando-se mais intensos, minha pele avermelhando e esquentando como se eu estivesse dentro de um forno. Logo vinha outro ator, girava o controle para outro lado e eu subitamente empalidecia e pensava no que diriam vocês ao me verem em preto e branco. Quando começava a gritar, vinha mais um ator, reduzia o volume do aparelho e meu grito se perdia sem som".

Mamãe disse que passou a abrir todas as portas do cenário da novela. Aí veio um ator, mudou de canal e ela caiu num filme de bangue-bangue. Veio outro, tornou a mudar de canal e ela entrou num telejornal e logo estava num programa musical e daí no meio de um jogo de futebol em outro canal.

Os atores do lado de fora continuavam se divertindo mexendo no controle de sintonia. Ela percebeu que não conseguia ver seus próprios contornos com nitidez. Sentiu que estava se decompondo, desaparecendo e num último esforço se atirou contra a telinha estilhaçando o vidro. Notou então que a telinha virara uma janela no vigésimo andar de um prédio. Mamãe foi despencando no espaço e acordou ao bater no chão: tinha caído da cama.

Fez um gesto de quem já estava bem e nós deixamos seu quarto. Fiquei impressionado como ela podia imaginar tudo aquilo dormindo, que eu não conseguia nem acordado. A mana foi para seu quarto, Maria e eu entramos no meu para conversarmos sobre nosso plano secreto de deixar o país. Mas a ideia do sonho martelava minha cabeça.

— Você sonha, Maria?

— E como! Sonho quase todo dia!

Ela também tinha uma fábrica de sonhos, como a mana disse no *shopping*. Aquela noite mesmo sonhara que os gritos que ouvia vinham de mamãe trabalhando na ópera.

— Como é que a gente faz para sonhar? — perguntei.

Maria embatucou:

— Acho que a gente não tem que fazer nada. Só dormir.

— A gente dorme e brota uma história assim, sem mais nem menos?

— É... não... quer dizer, não sei... são imagens.

— Mas se estamos dormindo, quem liga nossa telinha interior para passar essas imagens?

Maria bocejou, esfregou os olhos:

— Sei lá, Tavinho. Nunca pensei nisso.

— Será que somos nós mesmos, sem sentir, como uns sonâmbulos?

Ela não estava nada interessada na conversa. Disse que ia dormir, morria de sono.

— Espera! — pedi. — O sonho é em cores ou preto e branco?

— Todos os meus sonhos são muito coloridos — ela tornou a bocejar e perguntou: — Você não sonha não?

Quando eu disse que "não" ela se animou afirmando que era uma "coisa muito boa", mesmo os sonhos assustadores como o da mamãe:

— Porque a gente acorda — continuou Maria

— e sente aquele alívio de ver que nada era verdade.

— Quer dizer que a gente não pode escolher o sonho?

— Só de olho aberto. Dormindo é sempre uma surpresa. A gente nunca sabe o que vai sonhar.

Eu não sabia sonhar, nem de olho aberto, nem fechado. Pela primeira vez na vida senti uma pontinha de tristeza por não ter imaginação.

Os jornais enchiam páginas e páginas de histórias acontecidas depois que as imagens saíram do ar. No interior de São Paulo um fazendeiro deu três tiros no seu aparelho; em Copacabana, Rio de Janeiro, uma mulher atirou seu televisor pela janela do apartamento; em Minas uma velha que morava sozinha suicidou-se numa crise de solidão.

Eram inúmeros, por todo o país, casos de pessoas que permaneciam sem dormir, de olhos grudados no chuvisco dos televisores. Em casa, papai proibiu que ligássemos qualquer aparelho, por um segundo que fosse, até que a situação voltasse ao normal.

Sem televisão, as emissoras de rádio tratavam de disputar a audiência disponível. Nas rádios evangélicas os pastores diziam que a televisão andava endemoniada e assim Jesus achou por bem desaparecer com suas imagens. Uns anunciavam que sob a orientação divina a televisão ressurgirá das cinzas do pecado e haverá uma grande harmonia entre a programação e os telespectadores. Outras profetizavam que o sumiço das imagens era um sinal do fim dos tempos, como previa o *Livro dos provérbios*.

Eu não sabia imaginar como aconteceria o fim do mundo. Minha irmã então fez um teatrinho, dizendo que o mundo vai começar a acabar por volta das 19h45min para que o acontecimento possa entrar ao vivo no telejornal. Sentou-se, como se fosse um locutor no estúdio, e olhando para uma câmera imaginária falou:

— Vamos chamar o nosso repórter Tavinho em Londres para saber como anda o fim do mundo.

Virou-se para mim e fez um gesto para que eu começasse a falar. Fiquei todo embaraçado:

— Eu... eu não sei o que dizer — sussurrei para ela.

— Invente! Imagine!

— Ahn... o... a...

Deu um branco, gaguejei e a mana retomou a pose de locutor:

— A reportagem completa vocês verão no final dessa edição — fez uma pausa. — Se o mundo não acabar antes.

Ela riu muito da brincadeira, parecida com as do Mil Caras. Eu não achei graça nenhuma.

Meti a mão debaixo do travesseiro, peguei o controle remoto e acordei Fantástica. A televisão podia ter voltado durante a noite e eu queria ver tudo, tudinho. Estava com uma sede de ver televisão igual a daqueles homens perdidos no deserto. Meus olhos rachavam de secura, loucos para beberem horas e horas de imagens. Assistir vídeo era como tomar refrigerante: não matava minha sede.

Fantástica não deu sinal de vida. Sozinho em casa, aproveitei e liguei também Babá e Plim-Plim para elas se exercitarem um pouco. Os televisores, como as pessoas, não podem ficar muito tempo sem fazer nada ou começam a enferrujar e apresentar problemas.

Acomodei-me diante das três e permaneci com o olhar fixo naqueles chuviscos, fazendo uma força danada para imaginar o que elas estariam transmitindo àquela hora. Fiz tanta força que, de repente, começaram a jorrar imagens de dentro de mim, que eu via refletidas nas telas dos aparelhos. Fechei os olhos, mas as imagens continuavam rápidas e incontroláveis, parecendo geradas na minha telinha interior. Uma sensação horrível.

Eu estava vomitando — a palavra é essa "vomitando" — as imagens que permaneciam guardadas no estômago da memória. Vinha tudo embrulhado, sem sequência, mas pude observar que eu devolvia as últimas imagens, consumidas antes do jogo. Abria e fechava os olhos e o movimento frenético de imagens continuava simultâneo nos três aparelhos. Era como se alguma coisa tivesse sido ligada dentro de mim e eu tivesse entrado no ar. Como se a televisão fosse eu. Gritei por Maria.

— Desliga aí, Maria. Desliga rápido!

— Que novidade é essa, Tavinho? Não sabe mais desligar televisão?

— Desliga, Maria! — gritei. — Eu tô tonto...

Ela desligou, as imagens desapareceram e eu respirei aliviado.

— Tá sentindo alguma coisa?

— Só uma tonteirazinha... — suspirei.

Maria ainda deu mais uma olhada, como que me examinando e se retirou do quarto resmungando:

— Eu hein! Essa televisão fora do ar tá deixando todo mundo doido!

Deitado na cama eu podia sentir o coração batendo acelerado. Fraco, meio zonzo, a cabeça latejando, experimentava, porém, uma sensação de leveza. Que teria acontecido? Apenas um mal-estar passageiro resultante do esforço para ver alguma coisa entre os chuviscos? Ou será que essa perturbação vai me acompanhar todas as vezes que ligar os televisores? Preferi acreditar na primeira hipótese.

Momentos depois, recuperado, fui tomar banho, me arrumar, e segui para a escola.

11

Ajudei o cego Raiban a atravessar a rua. Gosto dele: fala mansinho, é carinhoso comigo e — o que mais me impressiona — brinca com a própria deficiência. Ao contrário dos pais, Raiban foi ficando cego aos poucos até perder completamente a visão há 30 anos, quando ainda jovem.

Paramos no ponto do ônibus. Eu ia dizer qualquer coisa, ele fez um gesto pedindo silêncio e disse:

— Ouça essa voz! — ficamos ouvindo. — É linda!

Ele ergueu a cabeça como que para ouvir melhor a voz feminina que discorria para uma companheira, no ponto, sobre suas aflições com o sumiço das imagens de TV.

— Como é ela, Tavinho? Não! Não diga! Deixe-me imaginá-la.

E passou a descrever a mulher, completamente diferente da que eu via à nossa frente. A imaginação de Raiban fazia dela uma *miss*, quando na verdade ela era o oposto: uma senhora baixinha e rechonchuda.

— Raiban — cochichei. — Você está enga...

— Não diga nada, Tavinho — ele me cortou enérgico. — Não quero saber como ela é!

— Tá bom, tá bom — acedi.

— Se não posso vê-la, deixe-me ao menos imaginá-la como quiser — falou zangado.

— Mesmo que sua imaginação passe longe da realidade?

Ele deu umas pancadinhas nervosas com sua bengala no chão.

— Prefiro a realidade da minha imaginação — disse — a ter que imaginar minha realidade.

A mulher já havia desaparecido num ônibus, mas preferi não dizer nada a Raiban. Ele deu um suspiro sorridente e apaixonado e afirmou:

— Ela já se foi!

— Foi! — admiti surpreso.

— Mas eu vou levá-la comigo!

Permaneceu um tempo "olhando" para cima, acomodando a mulher no ônibus da sua imaginação e resolveu mudar de assunto. Perguntou como eu reagia à ausência da televisão.

— Não sei explicar, Raiban. Tô completamente desorientado.

— Como cego em tiroteio? — sorriu.

— É uma falta tão grande. É como sumirem com sua bengala!

Raiban considerou um exagero minha observação. Disse que sua bengala era uma necessidade imposta pela deficiência, mas quanto à televisão, qualquer um pode viver sem ela.

— Você também pode viver sem a bengala — retruquei.

— Até posso, mas vai restringir minha vida!

— É o que acontece comigo! Exatamente isso! Sem a televisão minha vida encolheu em 80% ou mais!

Ele reagiu com uma gostosa risada.

— Você ri — eu disse — porque pra você não muda nada.

— Como não? Também gosto de ver televisão — e ante meu espanto concluiu: — Vejo com a imaginação!

Quase que eu disse: "E eu não imagino com a visão". Sempre achei que na telinha interior das pessoas sem visão era tudo escuro. Raiban admitiu que os cegos de nascença nem tinham telinha interior, mas ele enxergou até os 18 anos, acumulou informações suficientes para continuar compondo imagens.

— Hoje — concluiu — eu vivo da minha telinha interior.

O ônibus chegou, Raiban subiu os degraus e eu falei da calçada:

— Acho que preciso de uma bengala para minha imaginação!

— Você já tem — ele respondeu. — A televisão.

Raiban partiu e eu continuei parado no ponto, sem saber o que fazer da vida. Aquela era uma hora em que eu corria para os braços da televisão: sem ela fico igual a um náufrago perdido no oceano. Parou outro ônibus, vi que passava na porta de uma emissora de TV: entrei num impulso, quase sem sentir.

Uma multidão se acotovelava diante da emissora. Sobre as cabeças, faixas e cartazes onde pude ler: "Televisão já!", "Basta de chuvisco!", "O povo quer TV!". Na entrada, o porteiro repetia sempre a mesma frase: "Voltaremos a transmitir o mais rápido possível".

Uma senhora toda enrugada, de cabelos grisalhos reclamava:

— Quando será isso? Daqui a uma semana? seis meses? Preciso saber. Minha vida está um caos!

— Não dá pra botar alguma coisa no ar? — pedia uma negra com um filho no colo. — Só cinco minutos. Pra tirar a gente desse desespero.

— Se deixassem eu entrar, em meia hora eu armava um gatilho e botava essa televisão para funcionar — disse um mulato forte com pinta de mecânico.

Todos falavam ao mesmo tempo e o porteiro repetia a mesma frase na maior paciência. Um branco magricela berrou:

— Pra mim isso é "armação". Aposto que lá dentro eles estão vendo tudo... e a gente aqui, "ralando"...

Pela primeira vez o porteiro mudou a frase:

— Não tem nada funcionando.

— Pra cima de *moi*? — o magricela era cheio das conversas. — Conta essa pra outro!

Ele disse que queria entrar no prédio, que era igual a São Tomé, ver para crer. As pessoas deram força e ele começou a fazer um discurso. Foi falando que aquela gente estava ali sem dormir e que merecia alguma consideração e que ele como presidente da Associação dos Amigos da TV Fora do Ar tinha que entrar para saber a verdade dos técnicos.

A massa aplaudiu, um homem de terno e gravata confabulou com o porteiro que entreabriu a porta e o magricela se esgueirou para dentro. Aí tomei coragem e pedi:

— Também quero ir!

O funcionário da emissora de terno perguntou:
— Quem é você, menino?
— Eu? Sou o maior telespectador do país. Vejo três televisores ao mesmo tempo!

Ele sorriu admirado e me permitiu dar uma olhadinha da porta: o imenso corredor dos estúdios estava vazio. O porteiro contou que com a emissora no ar aquilo fervilhava de gente, artistas, técnicos, figurantes. Enquanto ele falava, abriu-se uma porta lateral e surgiu uma cara, uma cara tão familiar que eu cumprimentei como se fosse um velho conhecido.

— Tudo legal?
— Tudo, garoto. E com você?
— Tudo uma droga, sem televisão...
— Ela já vai voltar.
— Você não sente falta?
— Não vejo televisão.
— Pois eu vejo você todo dia, atrás daquela mesa apresentando o jornal. Como você é baixinho!
— Você me imaginava alto?
— Eu não imaginava nada.
— As pessoas sempre imaginam que sou mais gordo ou mais magro ou mais velho ou mais novo...
— Por que elas imaginam isso?

O locutor ficou meio embaraçado:
— Certamente porque só me veem sentado.
— O que você faz depois que dá boa-noite pra gente?
— Vou para minha casa.
— Engraçado. Pra mim você continuava sentado, esperando pelo noticiário do dia seguinte.
— Como você pode imaginar um absurdo desses?
— Eu não imagino: eu vejo. O que não vejo, não sei.

Ele me olhou intrigado e saiu pela porta principal. O magricela vinha voltando pelo corredor com seu andar gingado.

— E aí? — perguntei curioso. — Quando é que ela entra no ar?

— Nem eles sabem. Por enquanto, no ar só os aviões de carreira.

Me mandei rápido para não ver o magricela dar a notícia ao povão. Ia ser muito triste.

Desci do ônibus e de longe percebi o maluco do Mil Caras na pracinha. Estava sentado atrás de uma mesa de fórmica toda cacarecada, se fazendo passar, acreditem, pelo locutor com quem eu tinha acabado de conversar. Diante dele uma câmera de TV feita de caixa de papelão em cima de um tripé composto por três cabos de vassoura.

Tinha mais gente que nos outros dias à volta do Mil Caras. Cheguei perto, devagarinho, e fiquei olhando por trás das pessoas. Ele arrumava a gravata desbotada e solicitava a presença de um ajudante "porque o programa já ia entrar no ar". Como ninguém se apresentou, ele girou os olhos e me descobriu na plateia:

— Você aí, garoto! — apontou.

Ao ver aquele dedo na minha direção, nem esperei ele acabar de falar. Fugi apavorado com o coração aos pulos.

12

Nem parecia estar entrando na minha casa. Antes, no *hall* dos elevadores eu já escutava a televisão de Maria aos berros; da cozinha podia ouvir a Abelha-Rainha aos berros na salinha. Então, entrava no quarto e ligava Babá e Plim-Plim aos berros também.

Desta vez havia, como disse a mana, uma paz de cemitério. Parei na porta e fiquei observando minhas três televisões: pela primeira vez tive a sensação de que não passavam de inúteis trambolhos atravancando meu espaço. Uma geladeira desligada continua com cara de geladeira, mas uma televisão desligada fica muito diferente, feia e sem graça.

Senti uma comichão na ponta dos dedos para ligá-las, mesmo sabendo que continuavam sem imagens. As rádios evangélicas andavam anunciando que os aparelhos dos fiéis tementes a Deus estavam conseguindo captar uma imagem da Nossa Senhora do Preto e Branco. Na verdade, só não ligava com medo de voltar a ter aquele troço.

Mas se ao invés das três — uma *overdose* — eu ligasse apenas uma delas? Talvez não acontecesse nada. Podia apertar o ON da Fantástica que teve pouco uso e não me exigiria a devolução de muitas imagens. Sentei na cama e acionei o controle remoto. O chuvisco entrou no ar, fui mudando de canal e logo uma golfada de imagens inundou minha telinha interior.

Elas surgiam velozes e fragmentadas, misturando cenas de desenhos com filmes e comerciais e novelas e tudo o mais. Eram imagens brilhantes, percebi, de uma luminosidade saturada como as perturbações visuais que precedem as enxaquecas. Eu vomitava pelos olhos. Comecei a suar frio, fui ficando tonto, a impressão de que o sangue fugia para as pernas, a sensação de que iria perder os sentidos.

Pressionei a tecla do controle desligando Fantástica e com ela minha telinha interior. Deitei ofegante e notei uma mancha escura, no formato da tela da televisão, desaparecendo no teto. As imagens saíam sem som, mas um zumbido continuava ressoando dentro de mim.

— Num guento mais, Tavinho — Maria entrou reclamando. — Num guento mais ficar sem ver televisão.

Sua voz soava distante, muito distante. Apesar de considerar ela minha cúmplice, eu não ia contar o que tinha acabado de acontecer. Sem vontade de falar, prossegui na viagem de volta do transe. Maria ajoelhou-se, debruçada sobre o colchão.

— Nunca vi como os dias estão custando a passar — lamentou ela. — Vamos ver um pouquinho de vídeo, Tavinho. Vamos ou não vou conseguir fazer a janta.

— Dá um tempo, Maria — gemi sem olhar para ela.

Ela me observou melhor:

— Por que tá suando tanto, Tavinho? — passou a mão na minha testa. — Nem tá fazendo calor. Você tá doente?

— Só um pouco enjoado...

Ela tornou a me observar:

— Você tá escondendo alguma coisa — falou desconfiada. — Vê lá o que anda fazendo sozinho nesse quarto!

— Vamos lá botar o vídeo — cortei.

Levantei e saí com as pernas ainda bambas, para colocar a fita do Jacques Cousteau no vídeo da Abelha-Rainha. Era de ver a expressão de alegria brilhando naquela cara negra sentada no tapete. Às primeiras imagens ela suspirou fundo como se um analgésico tivesse lhe suprimido a dor e ficou olhando embevecida, sem piscar.

Titia que sempre aparece ao chegar do trabalho, viu a luz da telinha refletida nas paredes do corredor e começou a gritar lá da porta:

— Ela voltou! Ela voltou! — não falaria com tanto entusiasmo do regresso de um parente querido.

Meteu a cara na salinha e logo o sorriso se dissolveu no seu rosto. Titia faz gênero, diz a mana. É dessas pessoas que adoram televisão, mas têm vergonha de confessar. Arquiteta, trabalhando no Estado, não se parece em nada com mamãe, sua irmã. Desanimada na poltrona do papai, ela disse que na sua repartição as pessoas passam o dia falando do sumiço das imagens.

— Aquilo lá é um muro de lamentações — disse ela, tirando os óculos.

— Que é isso no seu olho, tia? — perguntei ao observar uma inflamação na borda da sua pálpebra.

— Nada — disfarçou repondo os óculos —, um terçol que me apareceu de repente...

Ela prosseguiu falando de suas colegas de trabalho. Uma delas, disse, apareceu toda empolada; a outra só consegue dormir com remédio; a outra confessou que se coça a noite toda, "tudo por causa da ausência da televisão".

— O Tavinho também tem passado mal — acrescentou Maria.

— Eu??? — reagi assustado.

Titia falou num tal processo de somatização e me perguntou o que estava sentindo.

— Eu? — repeti desconcertado. — Ahnn... tô sentindo... dor de barriga!

Fuzilei Maria com um olhar, ela percebeu e abaixou a cabeça.

— Não sei o que será dessa gente se a televisão custar a voltar — comentou titia reflexiva.

— Não vai acontecer nada: "Essa gente" vai esquecer a TV!

Falou a voz do Saber! Minha irmã plantada na porta declarava solenemente que a televisão é um vício e como tal condicionava as pessoas. Virou-se para titia e propôs um negócio:

— Que tal abrirmos uma instituição igual à dos alcoólatras? Os Telespectadores Anônimos?

— Boa ideia! Livraríamos as pessoas dessa dependência.

— O que tem de gente por aí — continuou a mana — sofrendo atrás de uma dosezinha de TV!

— Eu sou um deles — balbuciei.

— Eu sou outra — acrescentou Maria.

A outra acabava de chegar: mamãe. Surgiu, porém, radiante, sorridente, nada parecida com a mulher irritada e resmungona que reclamava pela casa.

— Adivinhem onde eu estava?

— Pela sua cara — disse a mana — em algum lugar onde a televisão não saiu do ar.

— Estava assistindo alguns capítulos da novela — disse ela tentando provocar inveja.

— É mesmo? Onde? — quis saber titia.

— Na mansão de um diretor da emissora. A mulher dele, que nem conheço, convidou a amiga da amiga da minha amiga e eu fui junto.

Maria e titia pediram a ela para contar os capítulos enquanto eu me apressava em deixar a salinha.

— Você não quer ouvir, filho?

— Não, mãe! Televisão não é para ser contada. É para ser vista!

Quem não tem imaginação detesta ouvir histórias.

Vovô desceu do seu apartamento, papai chegou da rua e mais uns momentos lá estávamos nós sentados ao redor da mesa. Pode ser que na época do vovô fosse muito bom reunir a família, mas agora só pintavam discussões e desentendimentos. Vovô brigou com titia que brigou com mamãe que brigou com a mana que brigou comigo que briguei com ela que brigou com papai que brigou com mamãe por ser muito cara de pau ao se meter em casa de pessoas desconhecidas. Mamãe levantou no meio do jantar e foi se trancar no quarto.

Ficou o maior mal-estar na mesa e vovô para quebrar o clima lembrou o artigo de uma psicóloga que saiu nos jornais. O artigo dizia que sem televisão "as tensões do cotidiano iriam se elevar", provocando atos de violência, mais acidentes de trabalho, brigas familiares e...

— Separações conjugais — completou a mana, venenosa.

Ao final do jantar saiu um para cada lado e eu fui atrás de Maria que definitivamente desaprendeu a cozinhar. Ela estava no banco da copa olhando fixo para o forninho. Dentro dele, podia-se ver pela "telinha" uma fatia de queijo se contorcendo sobre a chapa.

— Que programa é esse, Maria? "A morte do queijo fundido"?

Ela sacudiu os ombros sem tirar os olhos da "tela":

— Melhor que nada — gemeu.

Ela continuou sem olhar para mim e eu desabafei que tinha ido procurá-la para isso:

— Quem mandou você dizer que tenho passado mal?

— Duas vezes entrei no seu quarto, você estava lá, tonto, enjoado, estiradão...

— Você não tem que se meter! Eu é que sei da minha vida!

Ela me lançou um olhar suplicante:

— Você veio aqui pra brigar comigo, Tavinho? Já não bastou aquela brigalhada toda na hora do jantar?

Eu não estava com raiva dela. Só fiquei preocupado que seu comentário chamasse a atenção da família.

— Que brigalhada infernal! O ar tá ficando irrespirável, Maria!

— Vamos logo pedir esse tal asilo! — ela ergueu-se do banco. — Não aguento mais! Vamos amanhã?

— Amanhã não dá. Vou ao dentista com mamãe.

Eu já não estava tão certo de levar avante nosso plano secreto. Queria decifrar o mistério da minha "vomitação", aquilo tinha que ter alguma razão de ser. O momento em que devolvia as imagens era doloroso e assustador. Depois porém que tudo terminava, sobrevinha um enorme bem-estar, uma sensação de alívio e limpeza que gostei de experimentar.

Maria percebeu minha falta de entusiasmo.

— A gente vai, Tavinho, e quando a televisão voltar, a gente volta também.

— E se ela não voltar nunca mais? — eu disse por dizer.

— A gente não volta! Não dá pra morar num lugar sem TV. Tá ficando todo mundo maluco. Você quer ser maluco quando crescer?

Olhei para o forno e sem nenhuma razão aparente brotou na minha telinha interior uma cena da pracinha: o Mil Caras atrás da mesa de fórmica apontando o dedo para mim.

Talvez eu já esteja começando a ficar maluco.

13

Pensei que fosse encontrar no centro da cidade cenas iguais às que vi na emissora, mas ninguém parecia estar se importando mais com a televisão. As pessoas andavam apressadas e indiferentes pra lá e pra cá, como se nada tivesse acontecido. Bem que a mana falou que a televisão ia acabar esquecida. Só não achei que seria tão depressa.

A única mudança que notei, caminhando com mamãe, foi nas lojas de eletrodomésticos onde a televisão sempre ocupou um lugar de destaque: não havia nenhum televisor exposto. Parei na porta de uma delas, olhei em volta e como não visse nada perguntei pelos aparelhos ao vendedor:

— Estão temporariamente recolhidos ao depósito — disse ele.

Fiquei triste ao saber. A televisão é muito exibida, adora ser vista, apreciada, comentada; gosta de chamar a atenção, ter as pessoas ao seu redor, receber calor humano. Jogadas num depósito elas são menos que uma ratoeira.

— Que é que você tá fazendo parado aí, Tavinho? — mamãe que continuou andando sozinha voltava para me pegar.

— Estou pedindo a ele — apontei o vendedor — para deixar os televisores expostos.

— Pra quê? — voltou ela. — Quem vai querer comprar uma televisão agora?

— Elas estão bem mais baratas — intrometeu-se o vendedor.

— É só pra loja ficar mais bonita, mãe — eu disse.

— Vamos! Vamos! — ela me pegou pela mão.

Eu seguia impressionado com a indiferença geral: pra mim todos deviam estar com cara de enterro. Até que a gente dobrou uma esquina e caiu numa rua de camelôs. Aí foi como se um outro mundo se abrisse à minha frente: barracas e mais barracas só de artigos ligados à televisão. Uma multidão se agitava à procura de mercadorias que pudessem diminuir a dor de uma saudade. Ali estava a alma do país que mais vê televisão no mundo!

Tinha de tudo. Desde relógios com mostrador no formato de uma tela de TV a agências de turismo vendendo excursões para quem quisesse ver televisão no Paraguai. O folheto dizia que a gente embarcava aqui, descia lá e não visitava lugar nenhum: ficava cinco dias trancado no hotel assistindo televisão. Só saía para as refeições que, mediante uma taxa adicional, poderiam ser servidas diante do televisor. Aquilo era melhor que a Disney!

— Vamos, mãe?

— Bem que eu gostaria — ela suspirou — mas seu pai...

— A gente leva Maria no lugar do papai.

— E quem paga a viagem?

Muitas barracas de fitas para quem se satisfaz com vídeos. Fitas de comerciais, de telejornais antigos, de novelas exportadas. Um camelô anunciava aos berros:

— Veja uma novela brasileira totalmente falada em chinês! Compre quatro capítulos e leve cinco!

Tinha barraca que só vendia a carcaça dos televisores. Algumas com fotos de artistas de novelas coladas por dentro do vídeo, outras com arranjos de plantas e outras, acreditem, transformadas em aquários. A gente via os peixinhos se mexendo atrás da tela e o vendedor anunciava que era ótimo para quem só conseguia dormir assistindo televisão.

A barraca mais procurada era a de uma mulata gorda que vendia imagens de Nossa Senhora do Preto e Branco. Ela gritava, um grito lamentoso, dizendo tratar-se de uma imagem milagrosa que colocada em cima do televisor — como o pinguim da geladeira — acabaria com a anomalia magnética e a televisão voltaria ao ar mais depressa. Tinha fila na barraca.

Mamãe é muito religiosa, mas eu nunca me liguei na igreja porque, como diz a mana: "A religião é uma questão de fé e de imaginação". Como posso ser um devoto se nunca consegui imaginar o Purgatório nem a cara de Adão e Eva? No entanto, para voltar a ver televisão sou capaz de qualquer negócio:

— Mãe, compra uma imagem dessas!

Ela ralhou comigo. Disse que aquilo era um sacrilégio; que não havia nenhuma Nossa Senhora do Preto e Branco.

— Como é que tem um monte de gente comprando? — perguntei.

— As pessoas se apegam a tudo na hora do desespero, filho.

— Também tô desesperado, mãe — choraminguei.

Ela olhou para mim e falou com uma expressão severa:

— Ela não existe! Onde já se viu uma Nossa Senhora de pele prateada? É fruto da imaginação!

Lembrei vovô afirmando que a imaginação é um truque. Talvez a mulata tenha feito esse truque para ganhar dinheiro. Aí pensei nas outras Nossas Senhoras que eu ouço falar: da Glória, do Carmo, da Conceição, das Graças, do Rosário...

— Elas existiram, mãe?

— Na verdade só existiu uma, filho. As outras são imagens.

— Fruto da imaginação?

— Da fé!

A resposta da mamãe armou a maior confusão na minha cabeça. Eu não sabia que a fé também tinha sua telinha interior. De qualquer modo, se havia fila na barraca era porque as pessoas também acreditavam na Nossa Senhora do Preto e Branco.

— Elas estão erradas — reagiu mamãe enérgica. — Essa Nossa Senhora não existe!

— Mas você não disse que as outras também não existiram?

— Não existiram na História, mas existem na fé!

— Como é isso?

— É da mesma forma que imaginamos o Inferno. O Diabo também não existe.

◆ 85

— Existe sim, que eu já vi ele na televisão — insisti.

— Não existe! — voltou mamãe. — Ele foi criado para ajudar o povo a compreender melhor a religião.

— E Deus existe?

Percebi que mamãe foi ficando impaciente com tanta pergunta. Controlou-se e respondeu:

— Claro que existe. O homem foi feito à imagem de Deus.

— Como é que nunca vi uma imagem Dele?

— Porque cada um O imagina à sua maneira.

— Quer dizer que o que não existe tem imagem e o que existe a gente tem que imaginar? Como é isso?

Mamãe nem tentou entender a pergunta; apertou o passo dizendo: "Depois a gente conversa sobre isso, filho".

Na volta do dentista, sem pressa (não havia novela para assistir), mamãe resolveu dar uma paradinha na praça para ver o Mil Caras. Ela gostava dele, sempre lhe dava umas comidas no Natal e as roupas velhas do papai.

Mil Caras dessa vez era um animador de programa de auditório na televisão. Ele ia e vinha e falava e sorria e se dirigia ao "auditório". Aquilo foi me fazendo ficar com raiva. Na hora em que parou na minha frente e perguntou se eu queria dinheiro, segurando umas notas velhas que já saíram de circulação, eu reagi:

— Esse dinheiro é falso!

Ele deu uma risada igual ao apresentador.

— E você é falso também! — eu disse com mais raiva.

Ele tornou a rir e perguntou:

— Você não acredita que eu seja ele?

— Nem ele nem ninguém que você quer ser!

— Pois eu sou todos eles e mais alguns.

— Mentira! Ninguém pode ser mais de um!

— Bem, se você não sonha será menos de um, ainda que pareça ser um inteiro.

Aquela conversa do Mil Caras foi me dando uma irritação que eu segurei o braço de mamãe e saí puxando-a para casa. Ela foi rindo da minha cara de contrariedade.

— Você nunca imaginou ser outra pessoa, Tavinho?

— Nunca! Nunca! — respondi muito irado.

— Solte suas fantasias, filho!

— Você já imaginou?

— Milhares de vezes...

— Como? Como é isso? Explica! — eu estava angustiado.

Mamãe suspirou sonhadora dizendo que quando era jovem e estudava dança, muitas vezes se imaginou sendo Cyd Charisse, uma bailarina americana, no filme *A roda da fortuna*.

— Ahhh — gemeu com doce nostalgia — eu vestia a roupa dela, entrava no cenário do filme, dava a mão ao Fred Astaire e saíamos os dois dançando pelo Central Park...

Mamãe cantarolou uma melodia e saiu pela calçada dando uns passos, como se estivesse mesmo dançando com o tal do Fred.

— Para com isso, mãe! — eu gritei nervoso.

— A terra da fantasia, filho, é o último refúgio da nossa felicidade — ela disse enquanto prosseguia dançando.

Fiquei muito perturbado vendo a cena. Aquela ali não era minha mãe.

— Para! — voltei a gritar. — Para! Parece maluca!

Ela, porém, continuava fazendo da rua seu palco.

— A vida é movida a sonhos, filho — disse e deu uma pirueta.

Senti tanta vergonha que nem olhei para a cara do porteiro quando mamãe passou por ele cantando e dançando na direção do elevador.

Foi um choque muito grande ver mamãe cantando e dançando na rua feito o Mil Caras. Para mim, o sumiço da televisão está deixando ela de miolo mole. Aquilo não é coisa de uma pessoa normal.

— E o que é uma pessoa normal? — perguntou o cego Raiban.

— Acho que é uma pessoa que faz o que a gente espera que ela faça.

— Ela não pode surpreender e de repente fazer o inesperado?

— Como fez mamãe?

— Como faz tanta gente — Raiban rodou a bengala. — A vida seria muito chata se a gente não pudesse delirar de vez em quando.

— Você delira de vez em quando?

— Claro — ele sorriu. — Faço coisas, imagino coisas que surpreendem até a mim.

— Pra quê?

— Digamos que isso me diverte. A você não diverte?

— Eu não imagino coisas!

Raiban balançou a cabeça:

— E você se acha uma pessoa normal?

◆ 89

Sou muito mais normal do que as pessoas que se imaginam sendo outra. Por que elas fazem isso? Só se for por inveja ou então, como disse vovô, para fugir da realidade. Mas não dá para fugir da realidade o tempo todo. A realidade não pode ser um bom lugar para se morar, mas é onde nós vivemos e mais cedo ou mais tarde temos que voltar para ela. Ou pirar de vez.

Também não consigo entender *como* trabalha a cabeça de uma pessoa quando quer se imaginar sendo outra. Mamãe, por exemplo: ligou sua telinha interior e nela apareceu a cena da bailarina dançando no parque. Aí mamãe vestiu a roupa dela e saiu dançando no lugar dela. E onde foi parar a bailarina? Botou a roupa de mamãe e ficou esperando sentada? Ou simplesmente desapareceu da telinha?

Agora pergunto: trata-se apenas de uma substituição ou quando mamãe passou a ser a outra deixou de ser ela? Deve ter deixado, porque com a telinha ligada, dançando e cantando na rua nem parecia mamãe. Mas se mamãe se transformou na bailarina, a bailarina não devia ter virado minha mãe?

Desisto de tentar entender. É esquisito demais esse mundo da imaginação!

Levei um choque com mamãe e tudo indica que ela levou outro comigo. Escutei-a dizendo para minha irmã que ficou surpresa com meu "ataque de nervos" quando ela começou a dançar na pracinha. Ficou mais impressionada ainda com minha reação diante do Mil Caras.

— Será que a televisão fora do ar está mexendo com a cabeça do seu irmão?

— Tavinho convive muito mal com a fantasia, mãe.

— Nunca percebi.

— Ele é um garoto prático e realista demais.

Eu tinha que apurar o ouvido, no corredor, que elas falavam baixo na salinha.

— Se já é realista nessa idade — disse mamãe —, imagina quando crescer!

Não deu para ouvir o que a mana imaginou.

À noitinha, todos em casa, resolvi perguntar a um por um se eles já tinham imaginado ser outra pessoa.

— Não só outra pessoa, como já imaginei ser a mesma pessoa com outra vida — respondeu vovô.

A mesma pessoa com outra vida? Isso era novidade para mim.

— Você não gosta da sua, vô?

Ele sorriu com seus olhinhos azuis.

— Meu sonho era ser paraquedista. Às vezes imagino meus caminhos se eu prosseguisse nesse sonho. Um sonho de criança, lógico, como você deve ter muitos...

— Sim, claro — respondi na maior seriedade.

Vovô animou-se com a conversa e foi em frente. Ressaltou que melhor do que imaginar ser outra pessoa é "se imaginar *com* outra pessoa".

— Fazendo o quê?

— Tudo o que a fantasia permitir. Montar um "cineminha" na tela interior com a mulher desejada justifica todas as possibilidades dos nossos sonhos.

— Como é isso, vô?

Ele botou a mão no meu ombro:

— Quando crescer mais um pouco e a mulher entrar na sua vida você vai saber, de verdade, para que serve a imaginação.

◆ 91

Ele mesmo achou graça do que tinha acabado de dizer.

— Mas de que adianta, vô? São só imagens que se esfumaçam no ar.

Vovô respondeu que essas coisas não adiantam nem atrasam a vida de ninguém. Não são medidas pelo lado prático.

— São devaneios que sorvemos como o vinho!

Vovô tem um modo tão especial de falar que eu ficaria ouvindo pelo resto do dia. Ele disse que viajar nessas fantasias "é como assistir a um bom filme, contemplar um belo quadro, sem precisarmos sair de casa".

— Aliás — concluiu — não precisamos sair nem de dentro de nós mesmos.

Esse não é o meu caso: tenho que sair sempre de dentro de mim para buscar as fantasias da televisão, como alguém que todo dia vai tirar leite da vaca. Só que a vaca saiu do ar e eu não tenho de onde retirar mais o leite da minha imaginação.

Vovô levantou-se para ir ao seu apartamento e eu fui atrás a fim de continuar a pesquisa. Para meu espanto, todos disseram que já tinham se imaginado sendo outra pessoa. Maria respondeu, revirando os olhos, que sempre se imagina na pele das empregadas domésticas das novelas. Minha irmã fez uma longa relação de pessoas que gostaria de ter sido, a começar por Dom Quixote. Não sei como é possível uma mulher se imaginar um homem!

— E você? — ela perguntou de repente.

— Eu? Eu o quê? — não esperava pela pergunta.

— Já se imaginou sendo quem?

— Ninguém. Pra que eu vou me enganar?

Minha irmã contraiu o rosto como se estivesse chupando limão:

— Que pobreza! Você nunca nem se imaginou voando?

— Gente voa? — respondi com outra pergunta.

Ela balançou a cabeça desapontada:

— Você nunca se imaginou, mesmo, no ar? Voando tal um pássaro? Todo mundo já imaginou isso. Produz uma imensa sensação de liberdade.

— Não em mim — reagi seco.

Ela olhou fundo nos meus olhos como se quisesse compreender alguma coisa:

— Sabe o que penso, Tavinho? Que tem algum fio solto, um parafuso de menos, uma válvula queimada dentro de você.

— Eu vivo muito bem assim — respondi malcriado.

— Que você vai ser quando crescer?

— Ainda não pensei nisso.

— Você não se imagina fazendo algo no futuro?

— Futuro? Sei do que aconteceu comigo no passado, mas o futuro não existe, é um sonho, como diz mamãe, "a Deus pertence". Ele que trate de imaginar algo para mim! Quando o futuro chegar — respondi superior — verei o que fazer.

A mana ficou uma arara.

— Quando ele chegar não será mais futuro! — gritou autoritária. — Tem que imaginar agora!

— Meu sonho é... é... ser paraquedista!

Ela deu uma baita gargalhada na minha cara. Depois voltou a ficar séria, ajeitou os óculos sobre o nariz e permaneceu pensativa. Vovô meteu a cara no quarto.

— A televisão não volta tão cedo — anunciou.

— Não diga uma coisa dessas, vô! — resmunguei.

— Quem está dizendo é o rádio, baseado no relatório dos técnicos estrangeiros que vieram estudar a anomalia magnética.

Minha irmã ergueu-se decidida:

— Se é assim, vamos começar a tomar providências. Por que não tiramos esses trambolhos daqui? — apontou para as três televisões quietinhas nos seus cantos.

— Trambolhos não! — reagi. — Elas têm nome!

— Vamos recolher esses aparelhos inúteis ao quarto de Maria!

Abracei Babá e falei choroso:

— Ninguém vai tirar elas daqui. Gosto de ficar olhando para elas.

— Olhando o quê, Tavinho? VER três televisores é uma loucura; mas NÃO VER três televisores é caso de internação!

Minha irmã quando decide uma coisa não cede um milímetro:

— Seu quarto vai ficar mais amplo, mais arejado.

— Eu não quero um quarto nem amplo, nem arejado.

— Mas eu vou tirar!

Aí eu deixei sair o choro que se encontrava a caminho. Ela não se comoveu nem um pouco.

— Não adianta espernear. Amanhã quando você voltar do colégio esses monstrengos não estarão mais aqui.

E deixou o quarto pisando firme enquanto eu berrava com toda força dos pulmões até sentir os braços afetuosos de vovô recostando minha cabeça no seu ombro.

Maria recolhia fios de cabelo sobre o travesseiro, sentada na cama, tão concentrada que nem me viu chegar. Fiquei parado observando seu quartinho e pensei que com Babá, Plim-Plim e Fantástica ali, ela teria que dormir na área de serviço. Aquilo era uma mistura de quarto e depósito e eu não sabia se Maria era ocupante do quarto ou parte da tralha do depósito.

— Tá ficando careca? — interrompi sua colheita.

Ela exibiu a palma da mão branca, cheia de cabelos encaracolados:

— Olha só, Tavinho! Olha só quanto já caiu!

— É a idade!

— Eu lá tenho idade para ficar careca? É a televisão, isso sim!

— Nunca soube que falta de televisão faz cair cabelo.

— Você não está escutando no rádio quantas doenças novas apareceram desde que a televisão saiu do ar? — disse ela. — Essa pode ser mais uma!

Maria confessou que desde que a televisão pifou não anda se sentindo muito bem. É um troço que ela não sabe explicar, que aperta no peito e enfraquece as pernas e deixa a cabeça oca e sem rumo.

— Pois amanhã tudo isso vai passar, Maria — afirmei cheio de certezas. — Vamos para um lugar que tenha televisão!

Maria apanhada de surpresa abandonou a colheita e perguntou se íamos pedir o tal asilo.

— O mais rápido possível — confirmei.

— Mas... mas você parecia ter perdido a vontade. O que fez você mudar de ideia?

— Tudo! Principalmente a chata da minha irmã. Não aguento mais viver nessa casa!

Ela mantinha os olhos arregalados, assustada com minha determinação.

— Mas quando a televisão voltar, a gente volta também, não é Tavinho?

— Não sei, Maria. Não sei.

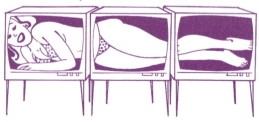

15

Acordei mais cedo que de costume mas fiquei quietinho na cama de olhos fechados. A mana fala que quando fecha os olhos e não tem sono sua telinha interior começa a produzir imagens. Eu continuava na era do rádio: só ouvia o som das vozes que cruzavam o corredor.

Papai implicava com mamãe, sugerindo que ela lesse uma reportagem sobre "O que fazer com o tempo antes dedicado à televisão". Era o grande debate nacional do momento.

— Escuta só — papai falava num tom sarcástico —, tem um psicólogo aconselhando as pessoas desorientadas a reprogramarem seu tempo...

A voz de mamãe atropelou a frase de papai em alto e bom som:

— Vou reprogramar o quê? Nunca tenho tempo para nada. Vivo numa correria infernal!

Esperei pelo comentário de papai mas quem entrou no ar foi a aprendiz de psicóloga:

— Vive numa correria infernal porque tem que espremer o tempo para ver televisão.

— De que você está falando? — reagiu mamãe desafiadora.

— Se você tem oito horas para fazer as coisas e tira quatro para a televisão, vai ter que fazer as mesmas coisas na metade do tempo. É matemática, mãe.

— Pra mim os dias ficaram muito mais compridos sem televisão — respondeu mamãe, que pensa como eu.

— Ficaram mais compridos porque você não preencheu o tempo antes gasto com a televisão — a mana tem resposta para tudo.

— Toma o jornal! — voltou papai. — Leia a reportagem pra ver se você preenche esse buraco negro!

Papai e mamãe continuavam se desentendendo. A mana, em vez de tentar reaproximá-los, fica botando lenha na fogueira. O ambiente está cada vez pior.

— Não quero! Não quero ler nada! — retrucou mamãe. — O tempo que eu utilizava vendo televisão quero gastar... vendo televisão!

Papai continuou provocando:

◆ 97

— Enquanto ela estiver fora do ar, você vai ficar fazendo o quê? Olhando para as paredes?

Minha irmã disparou uma de suas farpas envenenadas:

— E haja parede!

Mamãe quando se sente acuada perde o controle:

— E se ficar? Se eu quiser ficar olhando para as paredes, qual o problema? Sabe o que vocês são? Uns chatos de galochas!

E saiu batendo a porta da rua. A casa estremeceu e logo afundou no silêncio. Eu gostaria de poder imaginar a cara de papai naquele momento. Permaneci deitado esperando que saíssem todos. Queria evitar minha irmã que só sabe irritar as pessoas com seu jeito de dona da verdade. Nunca mais falo com ela.

Observei Babá, Plim-Plim e Fantástica, desprezadas como os aparelhos que ficam nas prateleiras das oficinas técnicas e ninguém vai buscar. Será que posso levar uma delas comigo? Babá está velha demais para viajar. Fiquei entre Plim-Plim e Fantástica e na dúvida tirei par ou ímpar. Fantástica ganhou e então tive certeza que queria levar Plim-Plim.

— Vamos, Tavinho! Já tô pronta!

Maria apareceu dentro de uma roupa de domingo dizendo que todos já haviam saído. Pulei da cama e arrumei minhas coisas numa sacola do papai.

— Ajuda a carregar a Plim-Plim — pedi.

— Carregar pra onde, Tavinho? — espantou-se Maria.

— Ela vai com a gente!

— Mas ela não tá funcionando.

— O que não está funcionando é a emissora, Maria. Não é o aparelho!

Ela sabia muito bem. Fingiu-se de desentendida porque não achava justa a minha decisão.

— Ou leva as três ou não leva nenhuma! — sentenciou.

Pedi a Maria para ir chamando o elevador enquanto me despedia das três. Não foi nada fácil dizer adeus a Babá, uma televisão que me viu crescer e privou de minha intimidade por todos esses anos. Ao perceber que estava ficando emocionado, saí correndo do quarto.

O consulado ficava numa ruazinha arborizada a umas cinco quadras do prédio. Falamos com o segurança que nos encaminhou a um funcionário louro e magrinho que perguntou o que a gente queria.

— Viemos pedir exílio — disse Maria.

— Pedir o quê? — estranhou o funcionário falando um português com sotaque.

— Asilo! — corrigi.

Ele ficou nos olhando sem entender. Olhou para mim, olhou para Maria, mediu os dois.

— Vocês estão sendo perseguidos por suas ideias políticas?

— Nós? Não senhor.

— Nós nem temos ideias políticas — reforçou Maria.

— Queremos deixar esse país porque ele está uma droga. Não tem mais televisão.

— E nós não conseguimos viver num país sem televisão — emendou Maria.

O funcionário permanecia atônito.

◆ 99

— Peraí, deixa ver se entendo: vocês querem se refugiar no consulado para ver televisão?

— Não senhor, que aqui também não tem televisão.

— Nós queremos ir pro seu país — disse Maria apontando o dedo para ele.

— Isto é — ressalvei —, se a televisão estiver funcionando.

— A Dinamarca não foi atingida pela anomalia magnética — ele coçou a cabeça. — Mas vocês querem viajar só para assistir televisão?

Ele falou igualzinho à minha irmã, como se assistir televisão fosse uma bobagem.

— O senhor diz "só"? — reagi. — A televisão é o meu mundo. Não vivo sem ela. É mais importante do que tudo pra mim. Eu tenho três aparelhos no meu quarto. Três! A Babá, a Plim-Plim e a Fantástica!

— Nós não vamos dar trabalho — Maria argumentava. — Vamos ficar quietinhos o tempo todo vendo televisão.

O funcionário apertava seus olhinhos verdes, como se estivesse com dificuldade para compreender o que queríamos. Achei que ele não entendia nosso idioma muito bem e falei bem devagar com a boca bem aberta.

— Não precisa ser um aparelho grande, qualquer um serve, mesmo em preto e branco — lembrei do folheto de instruções da Fantástica —, mesmo sem separador de sincronismo horizontal, mesmo sem circuito automático de desmagnetização.

Agora ele pareceu entender. Balançou a cabeça afirmativamente e nos entregou dois formulários:

— Preencham isso aí. Vou ver o que posso fazer.

O funcionário ajudou a preencher o meu e o de Maria, pediu que esperássemos um momento e desapareceu por uma porta. Ficamos os dois sentados na antessala aguardando um tempão.

— Por que você acha que ele tá demorando tanto, Tavinho?

— Nem imagino!

— Você acha que a gente vai conseguir?

— Acho que vamos ou ele já teria mandado a gente embora.

Maria se ajeitou na cadeira numa feliz expectativa.

— Só não sei se a gente vai entender a língua deles.

— Isso não tem importância, Maria. Você não assiste televisão sem som? É a mesma coisa.

Completávamos uma hora e meia de espera sem que nada acontecesse, não aparecia ninguém e Maria imaginava coisas. Ela é muito alegre na vida mas sua telinha interior tem uma tendência para imaginar coisas ruins. Tem gente assim, que só usa a imaginação para o pior. Ela imaginava que estava havendo algum problema pelo fato de ser pobre, negra e semianalfabeta.

— Você acha que eles vão me barrar, Tavinho?

— Não faço a menor ideia!

Minha telinha interior permanecia fora do ar. De vez em quando ao tentar imaginar o que se passava na outra sala, apareciam cenas de filmes e seriados vistos na televisão: uma delegacia de polícia, uma repartição pública, um escritório onde pessoas andavam de um lado para o outro levando papéis, assinando e carimbando documentos. As cenas se misturavam sem combinação ou sequência. Já não aguentávamos mais esperar quando afinal abriu-se uma porta e surgiu... minha irmã!

— Veio pedir asilo também? — perguntou Maria.

A mana bufava de raiva:

— Já pra casa! Os dois! Vamos já pra casa!

— Como é que... você soube? — perguntei mansinho.

— Ora, como eu soube! Uma maluquice dessas! O consulado ligou lá pra casa! Vamos! Vamos embora!

Ela não ia me enxotar assim sem mais nem menos. Ela foi a grande responsável pela minha decisão e eu não arredaria o pé dali antes de esclarecer alguns pontos.

— Você tirou os televisores do meu quarto?

Ela estava uma fera:

— Anda, Tavinho! Não quero conversa! Peguem suas coisas e vamos logo!

Maria levantou e saiu com o rabinho entre as pernas, eu fui atrás e a mana foi esbravejando no meu ouvido:

— Que ideia de jerico! Você não pensa, menino? Pra que serve essa sua massa cinzenta? Será que não foi capaz de imaginar como ficaria mamãe com seu sumiço? Não imaginou que vovô pudesse ter um troço? Não imaginou o pânico que iria provocar em todos nós? Não imaginou nada disso antes de cometer essa irresponsabilidade?

— Não — respondi de cabeça baixa —, não imaginei.

— Então você é um idiota completo!

A voz dela parecia uma navalha cortando o ar, um tom que eu nunca tinha visto antes. Tomou a minha frente e ficou na porta do prédio esperando eu passar. Diminuí o passo, cabisbaixo, e comecei a chorar, um choro silencioso mas tão convulso que ao cruzar por ela as lágrimas pingavam no chão. Ela percebeu, deu um suspiro, acariciou meus cabelos e disse, amaciando a voz:

— Não vou contar pra mamãe...
— Não é por isso que tô chorando — gemi.
— Eu não tirei os televisores do seu quarto.
— Também não é por isso — solucei.
— Então diga! Já imaginei tudo!
— É por isso! Você pode imaginar tudo... eu não posso imaginar nada.

Percorríamos os jardins do consulado em direção à saída, minha irmã botou a mão no meu ombro, curvou-se e perguntou intrigada o que eu quis dizer.

Parei próximo ao portão, o segurança abriu, Maria saiu caminhando e eu continuei parado. Eu parado e minha irmã parada à minha frente esperando a resposta. Senti o coração bater mais forte e foi subindo pelo peito uma vontade danada de contar tudo. Tentei olhar para ela, mas a culpa pesava nas pálpebras e eu baixei os olhos novamente:

— É que eu... eu... não tenho imaginação!

A confissão saiu arranhando, quase inaudível. Minha irmã abaixou-se para ficar da minha altura e tirou os óculos como que para ouvir melhor:

— Você não tem o quê??
— Imaginação!

16

—Quer dizer que o maninho querido não tem imaginação? Que gracinha! — a mana tocou com o dedo a ponta do meu nariz.

Ela não acreditou. Enquanto caminhávamos de volta simplesmente respondeu: "Que bobagem é essa?" Como eu confirmasse que não tinha imaginação, sugeriu que conversássemos em casa, que ela não queria discutir na frente da Maria. Eu não queria discutir na frente nem atrás da Maria: estava cansado, muito cansado, que chorar cansa e o dia tinha carregado nas emoções. Naquele momento, trancado no quarto com ela, eu queria paz. Paz e colo.

— Quando você descobriu que não tinha imaginação, gracinha?

— Quando a professora pediu à classe para desenhar uma galinha e...

— Você desenhou um hipopótamo! — cortou ela.

— Quer deixar eu falar?

— Ora Tavinho, só o fato de você ter arranjado a desculpa da falta de imaginação mostra como você tem imaginação!

— Não tenh...

— Então vamos ganhar muito dinheiro com você! — cortou novamente.

Ela não estava me levando a sério e eu não tinha força nem disposição para enfrentar suas irreverências. Disse que seria minha empresária e me ofereceria aos congressos de Medicina, "como um excitante tema de estudos". Ela fez de conta que era um apresentador, estendeu o braço e anunciou: "Traremos agora até vocês um caso único no planeta — Taaaaavinho, o Garoto Sem Imaginação! Palmas pra ele!".

Ela mesma aplaudia e ria das suas palhaçadas e eu não sabia o que fazer.

— Se não está acreditando — eu disse — pede para eu imaginar alguma coisa.

— Que absurdo, Tavinho! Não vou pedir nada! Não vou entrar no seu jogo que a coisa mais fácil do mundo é alguém dizer que não tem imaginação.

— Como é isso?

— Se você não quiser ter imaginação, não terá e não há como provar o contrário.

Nunca vi a mana deixar nada sem resposta. Tentei lembrar do episódio de Alice.

— Você não se recorda da história do espel...?

— Tavinho! Eu conheço gente que perdeu a visão, a audição, a memória, mas...

— Eu perdi a imaginação! — foi minha vez de interromper.

— Onde? — ela correu os olhos pelo chão. — Onde?

Já estava ficando com vontade de chorar. Desabafei:

— Por que você fica me gozando, mana? — fiz bico. — Você foi a única pessoa para quem eu contei, achando que ia me ajudar...

Ela se conteve:

— Tudo bem, Tavinho, vou ajudá-lo, desde que prometa não usar da imaginação que não tem para repetir essa fuga irresponsável. Combinado?

Concordei, levantando o polegar e perguntei:

— Você acha que falta de imaginação tem cura?

— Claro que sim — ela deu um risinho. — Nem que tenhamos que abrir seu crânio para operar o hemisfério cerebral direito, que é onde ela se aloja.

Se a mana queria me assustar, escolheu a melhor resposta.

Dia seguinte eu me plantei ansioso diante de Raiban no Departamento de Música do Instituto dos Cegos.

— Podemos formar uma dupla caipira — disse ele sorrindo. — Você vê por mim e eu imagino por você.

— Tô falando sério, Raiban. Você precisa me ensinar a imaginar!

— Só sei imaginar para mim, Tavinho.

Raiban perguntou se eu já tinha visto algum Curso de Imaginação, para confirmar que "ninguém aprende a imaginar".

— Então as pessoas nascem sabendo? — indaguei.

— Sabendo não, mas nascemos com o equipamento necessário para desenvolver tal atributo. É como *ver*!

— Ou andar! — acrescentei. — Ninguém nasce sabendo andar!

Ele mal esperou eu terminar a frase e perguntou:

— Como você imagina que eu o imagino?

A pergunta me atordoou:

— Você me imagina?

— Se não posso vê-lo, tenho que imaginá-lo.

Só então me dei conta de que, para Raiban, não passo de uma imagem construída na sua telinha interior. Incomodou-me admitir que não sou o que sou, mas o que ele imagina que eu seja. Sou para Raiban aquilo que Mil Caras é para mim.

— Espero que você me imagine — eu disse — como sou na realidade.

— E como você se imagina na realidade?

— Não preciso me imaginar — respondi seguro. — Eu me olho no espelho todos os dias.

Ele fazia uma pergunta atrás da outra:

— E como você *me* imagina?

— Ora, eu também não preciso imaginá-lo — sorri. — Estou vendo você. Sei como você é!

— Sabe mesmo? — ele jogou os braços para as costas. — Sabe como são minhas mãos? meus dedos?

Esforcei-me para lembrar:

— Seus dedos são curtos e grossos! — eu disse.

— São largos e finos! — ele respondeu exibindo-me suas mãos. — Viu como você não sabe como eu sou?

— O principal eu sei! — retruquei.

— Mas o detalhe você tem que imaginar — voltou ele. — Você imaginou os dedos errados, mas imaginou!

Imaginei? Será que imaginei mesmo? Suas palavras me provocaram uma certa euforia, mas eu não tinha nenhuma certeza do trabalho da minha telinha interior. Esses dedos que passei para Raiban, não terei visto em outra mão?

— Talvez a música possa lhe ajudar — disse ele sentando-se ao piano.

Raiban falou que nada estimula mais a imaginação do que a música porque ela entra pelos poros, pelos ouvidos e vai direto aos sentimentos.

— Enquanto eu toco — ajeitou-se animado no banquinho — feche os olhos, concentre-se na música e deixe ela entrar, sem crítica, sem resistência, sem pensar em nada. Entregue-se à música e vejamos o que acontece...

Ele passou a tocar uma peça de Débussy (disse depois) e eu fiz o que ele mandou: fechei os olhos e me deixei embalar pela música. Tocou por uns bons minutos, depois parou e perguntou se eu tinha formado alguma imagem na cabeça.

— Só consegui pensar — respondi — como você toca tão bem sem enxergar as teclas!

Raiban pendeu o corpo no banquinho, desanimado.

— Não adianta! — gemi desapontado comigo mesmo. — Nunca vou conseguir imaginar nada. Nasci cego de imaginação!

Deixamos a sala do departamento e na porta do instituto, antes de cada um seguir para seu lado, ele tateou a mão pelo meu rosto.

— Não desanima, Tavinho. Talvez sua imaginação esteja apenas adormecida. Faça alguns exercícios para despertá-la.

Eu caminhava vacilante de olhos vendados, braços estendidos para a frente apalpando móveis e objetos. De repente toquei em algo estranho ao quarto: um braço! Subi os dedos sentindo a pele, uma pele macia a denunciar uma pessoa do sexo feminino. Escalei o ombro, avancei pelo pescoço e encontrei seus cabelos, crespos. Trouxe a mão para o rosto e tropecei na haste de um óculos.

— Imagino que seja minha irmã! — afirmei em voz alta.

— Ficaria preocupada se você imaginasse que fosse vovô!

Retirei a venda e ela, parada à minha frente, disse:

— Isso não é imaginação, Tavinho. Isso é "obviação"! Tá brincando de cabra-cega?

Ela depositou os livros que trazia debaixo do braço sobre minha mesa e disse que não havia encontrado uma única referência a respeito de pessoas sem imaginação. Afirmou que a ciência ignora totalmente essa possibilidade e, ao consultar alguns professores, eles riram na sua cara. Para os cientistas, afirmou, a chance de existir uma pessoa desprovida de imaginação equivale à de um homem engravidar.

— Se existisse um imaginômetro — ela disse — você poderia medir seu grau de imaginação.

— Não tenho imaginação, mana — insisti. — Eu tenho imagens!

— Imaginação se faz com imagens!

— Só que elas não são minhas. São da TV e eu estou devolvendo!

— Devolvendo imagens? — estranhou. — De que você está falando?

Enfim minha irmã revelava uma expressão de interesse e me encarava com seriedade.

— Toda vez que ligo a televisão fora do ar, eu é que entro no ar!

Ela ajeitou os óculos sobre o nariz, me pegou pelo braço e levou-me a sentar com ela na cama.

— Peraí! Não estou entendendo — disse.

— Tô vomitando todas as imagens da televisão!

— Como assim, menino? — ela falou nervosa.

— Ligo a televisão e daí a pouco as imagens começam a sair de dentro de mim, sem nexo, sem ordem, e aparecem projetadas na tela do aparelho. É isso!

Minha irmã parecia em estado de choque. Nunca tinha visto ela assim, boquiaberta, sem piscar os olhos, paralisada como uma estátua. Mais um tempo, tornou a arrumar os óculos e murmurou assustada:

— Por que você não me disse isso antes?

— Você não deixa eu falar — reagi.

Ela perguntou quantas vezes já havia passado por isso e eu respondi: duas!

— E acontece sempre da mesma maneira?

— Não sei se é impressão minha, mas da segunda vez as cores não pareciam tão firmes.

Ela levantou-se lentamente e passou a caminhar pelo quarto pensando e pensando e pensando. Achei que logo ia sair fumaça pelas suas orelhas.

— Faz sentido — ela gemeu com a mão no queixo. — Faz todo sentido!

— O quê, mana?

— Talvez seja por aí! — ela falava com ela mesma. — Talvez...

— Por onde, mana?

— Claro! — ela parecia ter juntado as peças do raciocínio. — Claríssimo!

— Como assim, mana?

Ela não me ouvia, concentrada nas descobertas do próprio raciocínio.

— É por isso que você não sabe o que vai ser quando crescer. Não gosta do Mil Caras. Não se imagina outra pessoa. Não consegue se ver na sua telinha interior. É por isso!

— Isso o quê, mana? — berrei.

Ela se dignou a olhar para mim:

— Sua imaginação está bloqueada pelas imagens da televisão!

Eu não entendi patavina:

— Como é isso, mana?

Ela sentou-se novamente ao meu lado e procurando as palavras explicou:

— Como você vê muita televisão desde que nasceu, as imagens dela se adiantaram ao exercício da sua imaginação pessoal. Esse volume absurdo de imagens, sem tempo de ser digerido, acumulou-se e entupiu o canal da sua imaginação. Com a televisão fora do ar, a pressão contínua das imagens diminuiu e inverteu-se o processo. Você passou a ser o transmissor, purgando os excessos, e o televisor tornou-se o receptor. É isso! Só pode ser isso!

Saíam faíscas dos olhos de minha irmã, numa excitação como se tivesse acabado de descobrir a pólvora. Pulou da cama.

— Vamos ligar esses aparelhos, Tavinho!

— Os três não, mana — pedi. — Os três de uma vez não vou aguentar!

— Vai sim! Você precisa se livrar desse lixo!

Deitei na cama e enfiei a cara no travesseiro.

— Os três eu não olho! Liga só a Babá!

Algum dia ela teria que me ouvir. Sentou-se mais uma vez ao meu lado e ficamos os dois, juntinhos, olhando aqueles "micróbios" se mexendo na tela da Babá. Não demorou muito, comecei a ficar enjoado, suar frio, projetei um ponto luminoso na tela e as imagens explodiram saindo de dentro de mim num ritmo de cinema mudo.

— Vocês piraram de vez?

Era mamãe que abriu a porta e tomou um susto ao ver os filhos assistindo televisão sem imagens.

— Que está acontecendo? — continuou. — Vocês jamais ficaram juntos vendo televisão e agora estão aí sentados NÃO vendo televisão!

Minha irmã rápido arranjou uma desculpa:

— O Tavinho está querendo provar que tem uma imagem por trás desse chuvisco.

Mamãe olhou para mim, olhou para a tela da Babá, tornou a olhar para mim:

— Tô achando você tão pálido, filho!

— Impressão, mãe — respondi.

Mamãe aproximou-se da tela, fixou a vista, permaneceu um tempo procurando a imagem e reagiu irritada:

— Não tem nada! — e desligou a Babá. — Faz mal ficar olhando para televisão sem imagem!

Ela ergueu a mão e mostrou a razão de sua ida ao meu quarto: uma fita cassete, "uma preciosidade", segundo ela.

— São três capítulos de uma novela mexicana — olhou a lombada da fita: — capítulos 15, 32 e 87. Vocês querem ver?

E saiu triunfal para a salinha. Levantei para ir atrás dela, mas a mana me segurou:

— Você fica! É melhor ver a Babá mais um pouquinho — e sorriu — ou terá que ser internado para abrir esse crânio!

Desta vez a mana falou com graça. Minha preocupação tinha se deslocado para outro ponto: não queria que ela contasse nada para a família.

— Vai contar? — perguntei.

— Fique tranquilo, mano. Nunca ninguém saberá que você foi um menino sem imaginação. Confie na sua irmã.

17

—Não tem imaginação? Não acredito! — mamãe colocou as duas mãos no rosto num gesto de desespero. — Eu não acredito!

— Tavinho sempre fez desenhos tão criativos — ponderou titia.

— Tudo copiado da televisão — disse a mana.

— Que importa? Na vida nada se cria, tudo se copia — argumentou papai.

— Só os irracionais não dispõem de imaginação — bradou vovô.

— E Tavinho não é uma besta! — acrescentou papai.

A família discutiu meu problema numa reunião secreta da qual tomei conhecimento dias mais tarde, por puro acaso, como vai se saber mais adiante. Pelo que me foi contado, mamãe logo que soube da notícia explodiu em lágrimas. Eram duas horas da madrugada, eu dormia e ela queria chamar um médico.

— Mas... — perguntou — qual é o médico que cuida da imaginação?

— Deve ser um psiquiatra — respondeu papai.

— Psiquiatra é para maluco! — berrou mamãe. — Meu filho não está maluco... ou está?

— Acho que devemos consultar um psicólogo — sugeriu titia.

— Mas nós temos uma psicóloga em casa! — disse vovô apontando para a mana.

— Será que não há um remédio para falta de imaginação? — perguntou titia.

— Só conheço para falta de memória — observou papai.

A reunião, eu soube, transcorria num clima emocional, todos desorientados à procura de um caminho a seguir. Vovô assumiu seu ar professoral dizendo que a falta de imaginação não é tão grave assim "porque o desenvolvimento dela às vezes decorre dos conflitos entre realizações e frustrações a que é submetido o Homem".

— Há o exemplo clássico do faminto — continuou ele — que se imagina comendo deliciosos quitutes para obter satisfação de forma simbólica, no plano do imaginário.

Ninguém dava atenção às suas palavras. Mamãe fungava e soluçava e assoava o nariz.

— Não entendo — gemia ela. — Tavinho nunca repetiu um ano na escola. Ele é tão inteligente.

— Nisso saiu a mim — espetou papai. — Ele tem a minha inteligência e a sua imaginação.

Mamãe nem deu bola para a provocação. Tornou a assoar o nariz e ouviu a mana dizer que "Tavinho nunca fez uso da inteligência diante da televisão".

— Sua relação com Babá e as outras — continuou — sempre foi regida pela emoção!

— Vamos torcer — disse papai — para que essa anomalia magnética retarde o retorno das imagens.

Mamãe não gostou dessa parte:
— Também não precisa exagerar — disse. — Basta controlar Tavinho na volta da televisão.
Vovô ergueu-se decidido:
— Vou fazer um teste para avaliar a imaginação dele!
— Você não vai se meter, vô. Nem você nem ninguém! — reagiu a mana.
— Mas filha — ponderou mamãe — precisamos fazer alguma coisa.
— Deixa comigo! — a mana falou e disse: — vocês vão continuar se comportando como se não soubessem de nada!

À medida que a televisão distanciava-se nas lembranças, ressurgiam antigos hábitos (para alegria do vovô). Os olhos perdiam importância para os ouvidos, pregados no rádio que se apressava em botar seriados e radionovelas no ar. Como, porém, a vida não tem *rewind*, as velhas manias embaraçavam-se com as novidades sobre as cinzas da televisão.

Um dia acordei escutando a voz dos locutores de TV que eu via no jornal da noite. "Voei" da cama e liguei a Babá. As vozes vinham do jornal-fita que a família assistia no vídeo, uma inovação lançada por uma emissora e vendida nas bancas de revistas. Quando apareci na salinha, mamãe desligou o vídeo.

— Já acabou? — perguntei.
— Eram notícias de ontem — disse titia.
— Mas nos jornais a gente também lê notícias da véspera — argumentei.

— Já tínhamos ouvido no rádio — acrescentou vovô.

— Não havia nada de interessante — falou mamãe.

— Não gostei da novidade — afirmou papai, referindo-se ao jornal-fita. — Não tem palavras cruzadas!

Voltei para meu quarto e mamãe veio atrás:

— Estive pensando, filho. Agora, sem televisão... você não gostaria de entrar para um curso de inglês?

— Ou praticar algum esporte? — papai aproximou-se — judô? natação? tênis?

— Aprender a tocar algum instrumento? — sugeriu vovô.

— Acho que você devia se dedicar à pintura. Você desenha tão bem! — foi a vez da titia.

Observei-me cercado pela família. Cada um dando seu palpite de como eu deveria ocupar meu tempo ocioso. Saí do meio da roda, olhei para eles e disse:

— Tudo bem, vou pensar. Mas quando a televisão voltar, largo tudo!

Minha irmã foi a única que não sugeriu nada. Em outros tempos daria TODOS os palpites, mas desde que soube do meu problema ela mudou comigo. Abandonou seu jeito implicante, provocador, tornando-se carinhosa, cuidadosa, enfim uma verdadeira irmã. Todas as noites, sem que os outros percebam, vai ao meu quarto para saber como evolui o tratamento. São duas doses diárias de vomitação, pela manhã e antes de dormir.

— Já estou devolvendo quase tudo em preto e branco — eu disse.

— Ótimo! — reagiu ela. — As imagens vão piorar até desaparecerem. Aí você estará pronto para imaginar...

— Vou poder me ver na minha telinha interior?

É o que mais quero! Tão logo possa imaginar quero aparecer na minha telinha interior. Minhas encucações com a falta de imaginação começaram no dia em que liguei a telinha e não consegui me ver, só à minha imagem refletida no espelho. Foi uma sensação horrível! Hoje morro de vontade de imitar a mana que se viu sentada num montinho da Lua olhando a Terra.

— Você vai poder se ver sentado até em Júpiter, Tavinho — brincou.

Ela sentou-se ao meu lado e falou cheia de entusiasmo que "a imaginação tem muito mais canais do que a televisão".

— E não depende de energia elétrica; não precisa de controle remoto — continuou ela, comparando — e a maior vantagem de todas: você produz sua própria programação!

Depois passou a nomear alguns "canais" onde eu poderia sintonizar minha telinha interior. A "Máquina do Tempo", onde seria possível viajar ao passado ou ao futuro; a "Máquina do Espaço", onde se viaja no presente, de um lado para o outro; o "Misturador", que combina imagens distantes e independentes; o "Multiplicador de Pessoas", que permite a aparição da mesma pessoa várias vezes na mesma imagem; o "Túnel das Emoções", imagens acompanhadas de sensações e sentimentos; a "Fronteira dos Sonhos", sempre uma surpresa...

A mana falava com tanta segurança que de repente pensei que a possibilidade de voltar a imaginar também continha uma dose de imaginação. Quem me garante que a telinha interior, por tanto tempo parada, vai funcionar depois que eu cuspir a última imagem de TV?

— Vai funcionar, mana?

— É o que se espera, Tavinho — disse ela, sumindo porta afora.

Mesmo sem saber ainda da tal reunião secreta, pude perceber uma mudança da família em relação a mim. Em algumas noites, durante o jantar, todos me dirigiam perguntas como se eu fosse a pessoa mais importante da mesa.

— Como foi seu dia hoje, Tavinho?

— O que você aprendeu na escola, Tavinho?

— Como está indo na natação, Tavinho?

— Teve alguma notícia sobre a volta da televisão, Tavinho?

A mana diz que eu pareço um ministro da Fazenda dando entrevista coletiva.

Mamãe não larga do meu pé! Acho que aproveita o tempo livre da televisão para se dedicar mais ao filho. Tem sempre uma recomendaçãozinha a fazer e por várias vezes bateu na porta do quarto enquanto eu me aplicava em minha "terapia vomitacional".

Agora cismou que preciso fazer a Primeira Comunhão para receber o corpo de Cristo.

Papai também está muito mais falante. Houve uma vez que fiquei três dias sem falar com ele. É verdade que papai fala pouco: leva uma semana para gastar a mesma quantidade de palavras que mamãe usa em meia hora. Mas que diabo!, estávamos debaixo do mesmo teto. Agora anda interessadíssimo em saber dos meus progressos na natação.

Até a Maria, que sempre me deu atenção, agora está se desdobrando em cuidados. Todo dia tem palmito na mesa. Quando ela vê que estou em casa fica me oferecendo coisas e perguntando se quero alguma comida especial no jantar. Tenho notado porém que nunca mais reclamou da falta de televisão.

— Já esqueceu, Maria?

Ela sacudiu os ombros:

— De que adianta ficar lembrando? Ela não vai voltar mesmo.

— Vai voltar sim senhora!

Maria não se entusiasmou:

— Sua mãe disse que mesmo que ela volte a gente só vai poder assistir 15 minutos por dia!

— Quinze minutos por dia? — estranhei. — Ela disse isso?

Maria percebeu que tinha falado demais e tentou recuar:

— Quer dizer: dizer ela não disse...

— Maria! Não minta! Que história é essa?

Ela revirou os olhos, desconfortável:

— Não posso contar.

— Vai contar sim! — ordenei autoritário. — Vamos. Desembucha!

Maria ficou toda atrapalhada, revirou os olhos mais uma vez, pigarreou, disfarçou e disse baixinho:

— Sua mãe falou que você está com uma doença que não pode ver televisão!

Um relâmpago me iluminou da cabeça aos pés. Numa fração de segundo juntei as peças e entendi a razão de tanta paparicação: a Judas da minha irmã contou tudo!

— Tavinho, por favor — suplicou Maria amedrontada —, não diz à sua mãe que eu contei...

Empurrei Maria para fora do quarto, tranquei a porta, me atirei na cama e comecei a chorar. Chorei um balde de lágrimas sem saber se por vergonha de encarar a família, por ódio de me sentir traído ou se pelas duas coisas juntas.

À noite, depois que mamãe me deixou em paz, a mana entrou no quarto e eu fingi que não vi, enfiando a cara no caderno de deveres.

— Que aconteceu, maninho? — ela acariciou minha nuca.

— Tira essas mãos de cima de mim! — reagi.

Ela permaneceu me olhando sem entender e eu fui sentindo novamente o choro subindo pela garganta:

— Não quero falar com você nunca mais na vida!

Ela imaginou logo o que havia acontecido, não fosse o QI mais alto da família.

— Quem deu com a língua nos dentes? — perguntou.

— Você! — falei irado. — Você me traiu! Contou para todo mundo! Você não é mais minha irmã!

Foi aí então que ela me falou da tal reunião secreta e do motivo que a provocou: titia descera ao apartamento e por acaso me viu assistindo TV sem imagens. Ficou preocupadíssima e contou para mamãe que lembrou do dia em que viu a gente olhando o chuvisco das TVs e fez um escândalo.

— Ela veio para cima de mim furiosa — contou a mana — querendo saber que loucura era essa e dizendo que ia tirar os aparelhos do seu quarto.

A família caiu em cima da mana que sugeriu uma reunião pensando em inventar uma história. Mas mamãe estava descontrolada:

— Ela achava que você estava virando um doido manso — prosseguiu — e queria tirar os televisores do seu quarto de madrugada.

A mana então falou que os aparelhos eram indispensáveis ao meu tratamento e todos reagiram surpresos: "Tratamento?". Ante a estupefação geral, ela não teve outro remédio e contou o que estava acontecendo comigo. Aí mamãe deu o maior chilique:

— Não tem imaginação? Não acredito! — mamãe colocou as duas mãos no rosto num gesto de desespero. — Eu não acredito! Isso é pior do que eu imaginava!

18

De um dia para outro a Abelha-Rainha sumiu da salinha com vídeo e tudo.

— Que houve? — perguntei.

— Decidi transformar esse espaço numa sala de leitura — surpreendeu-me mamãe.

Não me lembro de ter visto mamãe, um dia sequer, sentada lendo um livro.

— Por quê? — eu quis saber.

— Ora, Tavinho, porque não faz sentido manter uma salinha de televisão... sem televisão — respondeu ela sem qualquer entusiasmo.

Mamãe chamou um marceneiro e em dois dias as prateleiras estavam prontas para receber os primeiros livros.

Todos em casa contribuíram para o acervo da salinha. Papai doou alguns livros de Direito; vovô entregou uma pilha que não cabia na sua biblioteca particular; a mana pôde esvaziar seu quarto. Mamãe participou com dois livros de dieta para emagrecer e Maria enfiou na estante um livro de receitas que foi de vovó.

Eu não tinha nenhuma colaboração a dar. Os poucos livros infantis que passaram pela minha mão se perderam na mudança do velho apartamento.

Assim, nunca mais apareci na salinha. O engraçado é que ninguém me convidava a entrar; ninguém me sugeria uma leitura, ninguém dizia nada. A família tinha montado uma ratoeira e aguardava paciente que o ratinho aqui mordesse um livro.

Eles não sabiam que eu sabia que eles sabiam que eu não sabia imaginar. A única a dispor de todas as peças era minha irmã que se autodenominava espiã dupla. Às vezes ao entrar no meu quarto para acompanhar o tratamento conversávamos mais à vontade. A sala de leitura estava na ordem do dia.

— Acho que deveria dar sua contribuição, Tavinho. Ficando de fora, só você, eles podem desconfiar.

— Desconfiar de quê, mana? Eles sabem de tudo!

— Mas fingem que não sabem.

— Eu não sei fingir que não sei que eles sabem. Para fingir teria que criar um Tavinho de mentira, em cima do fingimento, e isso exige imaginação.

— Mas você tem fingido! — disse ela.

Eu apenas cuidava de controlar minhas palavras para não deixar escapulir algo que denunciasse que eu sabia que eles sabiam de tudo.

— Eles é que fingem não ver que não finjo — respondi. — Assim fica parecendo que estou fingindo.

— E eu que tenho que fingir duas vezes! — voltou ela. — Com eles tenho que fingir que você não sabe que eles sabem. Quando você aparece tenho que fingir que estou fingindo que não sei que você sabe que eles sabem.

— Mas você é cheia de imaginação, mana!

♦ 125

Eu progredia no tratamento: já estava devolvendo as imagens todinhas em preto e branco e — o que é melhor — com "fantasmas".

Queria contar para Raiban, que andava desaparecido. Eu respeitava e admirava sua imaginação. Não esqueço quando ele falou que as notas musicais voam feito passarinhos. Ele se disse capaz de "vê-las" em revoada, libertando-se da gaiola do piano e afastando-se até serem abatidas por uma sirene, uma britadeira, uma buzinaria sem fim.

— Sempre que alguém fala de um passarinho morto na rua — ele disse — eu imagino uma nota musical que não chegou ao seu destino.

Eu observava e ele não podia saber o quanto eu o observava, admirado com sua facilidade de combinar imagens. Raiban exibia as razões do seu desaparecimento: um braço gessado, uma perna inchada, uns arranhões no rosto. Tinha sido atropelado por um táxi.

— Ouvi um cachorro latindo — contou ele. — Imaginei que fosse avançar em cima de mim, me afobei, me desequilibrei e caí na rua. Só então soube que o cachorro latia para uma cadela.

— Dessa vez sua imaginação o enganou, Raiban!

— Às vezes isso acontece. Não sabe que o medo é o filho mais velho da imaginação?

Ele falou das pessoas que sentem medo do escuro, das alturas, de ambientes fechados "porque não conseguem controlar as imagens do pior".

— Nunca tive medo dessas coisas — afirmei —, pelo menos isso devo agradecer à minha falta de imaginação!

Raiban sorriu e perguntou:

— Tem se exercitado para recuperá-la?

Estávamos em pé no corredor principal do instituto. Propus a ele que nos sentássemos e contei tudo sobre minha "terapia vomitacional". Ele nunca ouvira falar em nada parecido e considerou uma experiência extraordinária.

— É incrível! — exclamou. — Aí está a origem dos seus problemas!

Eu porém queria ouvir mais. Queria ser tranquilizado sobre o que viria depois que devolvesse a última imagem.

— Quem me assegura que meu defeito, como o de seus pais, não é de nascença?

Ele não fez como a mana, que disse qualquer coisa e se escafedeu pela porta afora. Raiban simplesmente permaneceu calado.

— Vamos ao cinema no *shopping*, filho?

O convite de vovô soou surpreendente. Apesar de ser muito carinhoso comigo, nunca me chamou para qualquer lugar. Desconfiei que fosse outra parte do plano que retirou a televisão da salinha e essa desconfiança me fez aceitar o convite sem relutar.

Vovô deu uma parada na pracinha, que ele ria muito das loucuras do Mil Caras, dessa vez de batom, peruca e vestido de mulher. Ele se fazia passar por uma apresentadora de televisão, dessas de programas vespertinos que falam de colesterol e doenças de pele e tem sempre a companhia de um médico dando explicações.

— Quanto tempo falta para entrar no ar? — berrou Mil Caras como se estivesse num estúdio, segurando um papel pardo como se fosse um *script*.

— Cinco minutos! — respondeu um engraçadinho na plateia.

Mil Caras ajeitou a peruca ruiva, comprimiu os lábios, como faz mamãe, para espalhar o batom e veio caminhando desengonçado sobre um salto alto, pernas cabeludas de fora. Dirigiu-se a mim com uma afetação feminina:

— Quer ser o médico do programa, meu jovem?

— Isso não é um programa, eu não sou médico e você não é mulher — reagi malcriado. — Nada disso é real!

Ele deu uma gargalhada:

— E onde está o real? — fez que procurava, debochado. — O real só existe onde a fantasia não foi descoberta.

Vovô pressionou, discreto, o dedo nas minhas costas, mas eu não arredei o pé. Mil Caras deu umas reboladas e o público abriu na risada (inclusive vovô). Depois fez caras e bocas, desmunhecando — as pessoas se dobravam de rir —, e me chamou:

— Venha meu garoto! Venha dar um passeio comigo pelo mundo da fantasia!

— O que ele vai encontrar nesse mundo? — vovô se meteu.

Ele abriu os braços:

— Tem prazer, alegria, sonhos, liberdade e tudo o mais que o mundo real — enfatizou — não tem sabido oferecer. Venha!

Olhei para vovô que com um movimento de cabeça sugeriu que eu fosse. Juro que bateu uma vontadezinha de experimentar, mas minhas pernas não saíram do lugar.

— E se eu gostar desse mundo? — perguntei curioso.

— Fica vivendo lá — ele disse. — Nas terras da imaginação você é dono do seu nariz.

— Não volto nunca mais?

— Voltar pra quê, jovem? Me diz onde o real é melhor que o imaginário.

Eu não conseguia acompanhar a cabeça do Mil Caras. Era como se eu soltasse meu raciocínio e, de repente, ele batesse num muro intransponível. Para mim, o imaginário é igual a realidade para Raiban (lembrei a história do cachorro): um buraco escuro e ameaçador. Puxei vovô pela camisa e saí apressado.

— Não tenha medo — Mil Caras gritou. — Você não estará sozinho! O grande Shakespeare disse que os poetas, os loucos e os namorados também são feitos de imaginação!

Namorados? A palavra ficou pingando como uma goteira na minha cabeça. Tinha uma menina na escola que eu gostava de ficar com ela no recreio, mas quando chegava em casa e queria pensar nela novamente, eu só a "via" para trás, em situações vividas. Nunca conseguia "vê-la" para a frente, no futuro, mesmo que esse futuro fosse o recreio do dia seguinte.

— Sem imaginação, Tavinho, não existe amor — disse vovô, parecendo adivinhar meu pensamento.

Eu não gostei do filme que fomos assistir. Queria entrar no cinema ao lado, mas vovô resistiu dizendo que aquele era mais apropriado para mim. Era um desses desenhos longas-metragens que tanto me assustavam quando eu era menor. Recordo de titia me levando e do meu medo de ficar naquela escuridão vendo flores dançando, árvores cantando e bichos falando feito gente.

— Prefiro filmes de verdade, com artistas de carne e osso, vô!

— Mas você vive assistindo desenhos na Babá...

— Televisão é diferente, vô. A gente vê no claro e ela não faz questão que a gente acredite que os bichos são capazes de falar.

À saída do cinema, vovô sugeriu que fôssemos à livraria. Eu nunca tinha entrado numa livraria antes e achei tudo muito parado e silencioso e diferente de uma loja de eletrodomésticos.

A um canto algumas pessoas observavam encantadas um aparelho de televisão sobre um pedestal. Um vendedor fazia demonstração do que chamava de "a última novidade em leitura de livro". Ele colocava um exemplar por um espaço aberto na lateral da televisão e utilizava-se do seletor de canais para virar as páginas atrás da tela.

— Este botão — anunciava ele — serve para aumentar o tamanho da letra do livro.

— O que é isso? — aproximei-me achando tudo estranho.

— É o telelivrão! — respondeu ele entusiasmado. — O casamento da literatura com a televisão!

— É o quê? — achei que não tinha ouvido direito.

— Um aparelho que mata dois coelhos de uma cajadada — respondeu falando alto, para todos. —

Aumenta a venda dos livros e mata as saudades do velho televisor!

Vovô indignou-se com a novidade anunciada:

— Onde já se viu? Um livro é para ser tocado, cheirado, manuseado com carinho, lido com intimidade...

Ele percorria as prateleiras da livraria resmungando que aquela "engenhoca era uma falta de respeito com o livro que tem mais de 500 anos".

— E a televisão, vô?

— A televisão? — ele estava brabo. — A televisão está de fraldas! Até eu sou mais velho do que ela!

Começou a contar a história do primeiro livro impresso:

— Não foi para isso que Gutemberg inventou a tipografia — disse apontando para o livro aprisionado dentro da televisão. — Não foi pra isso que esse homem dotado de extraordinária imaginação enfrentou tantas dificuldades na vida!

Vovô falava sem parar, mas eu mal o ouvia com os olhos vidrados naquela televisão reinando acima dos livros. Quando ele disse, porém, "extraordinária imaginação", tive a impressão de que elevara a voz para sublinhar o termo. O coração acelerou esperando que, empurrado pela emoção, ele fosse tocar no meu problema.

— Espera aí que vou pagar no caixa — foi o que ele disse com um livro nas mãos.

Segurei forte na sua mão, contendo-o, decidido a abrir eu, o jogo.

— Antes me diz uma coisa. Por que só retiraram o televisor da salinha e deixaram os três, sem qualquer utilidade, do meu quarto?

— Imagina! — jogou ele.

— Deixe ver — botei as mãos na fronte como que me concentrando. — Imagino que tenha sido uma decisão tomada numa reunião da família!

Vovô assustou-se, depois caiu em si:

— Não vale! Alguém lhe contou!

— Quem contou?

— Não sei — disse ele.

— Ninguém contou! Não senhor! Tô imaginando!

Vovô é um santo homem. Arregalou os olhos e disse:

— Ma-mas então... você imagina?

— Imagina o quê? — brinquei.

Anoitecera e nós permanecemos conversando na mesinha da lanchonete para onde fomos depois da livraria. Rimos muito da minha brincadeira com a imaginação e eu disse a ele da necessidade que sentia de quebrar aquele clima de fingimento.

— Fez bem, filho. Eu também estava doidinho para conversar com você.

— Sabe o que me preocupa, vô? Que eu não tenha nada embaixo das imagens da TV!

— Bobagem, filho. Claro que você tem imaginação!

— Quem garante, vô?

— Sua imaginação está apenas bloqueada.

— Quem garante que não é o contrário? As imagens da televisão é que foram preencher o poço fundo e vazio da minha imaginação?

Vovô balançou a cabeça:

— Filho! A Ciência não admite a existência de um ser humano sem imaginação!

— A Ciência não admite muitas coisas até elas acontecerem! A Ciência também não admitia que o homem pudesse viver com um coração artificial!

Vovô pensou e tratou de me reconfortar ao seu modo:

— Que importa a imaginação? Sartre disse que ela é a consciência do nada.

Um empregado veio dizer que a lanchonete iria fechar e a frase do tal Sartre ficou vagando no ar. Vovô pagou a conta e combinamos que não diríamos a ninguém da nossa conversa. A família estava muito tensa e preocupada com o que viria ao final da minha vomitação; vovô também não estava certo de que haveria luz no fim desse túnel e eu não parava de pensar um minuto no que haveria embaixo das imagens.

Quem garante que eu não tenho uma anomalia magnética na cabeça?

19

O dia não dava mostras de que seria diferente dos outros a não ser por marcar o início da primavera. No café da manhã ao perguntar à mana se havia alguma novidade no ar, ela respondeu sem tirar os olhos do livro: "Só o aroma das flores". Aspirei fundo, mas o único cheiro que me entrou pelas narinas foi do ovo que Maria fritava no fogão.

A mana virou o último gole de chá e saiu apressada para a faculdade. Maria perguntou se eu queria algo da feira e saiu pouco depois da minha irmã. Fiquei sozinho em casa, pronto para iniciar minha sessão de terapia. Já não me sentia tão mal quanto no início quando botava os bofes para fora, "a cores". Não mais suava frio, nem embrulhava o estômago, mas a perturbação que dava a partida ao processo ainda me deixava nervoso.

Liguei a Babá, sentei diante dela e não demorei a projetar as imagens, fracas, em preto e branco, carregadas de pontinhos luminosos. Não se passaram nem trinta segundos e elas foram se retorcendo, perdendo a definição, até desaparecerem por trás do chuvisco da tela de Babá. Será que alguma falha técnica desligou minha "projeção"? Liguei Plim-Plim e Fantástica e com as três acesas experimentei uma estranha e desconhecida sensação: algo como se o fluxo de energia tivesse se acabado entre mim e elas.

Não tive dúvidas: eu havia cuspido a última imagem de TV!

Corri ao espelho do armário à procura de algum sinal de alteração em mim. Botei a língua para fora, repuxei as pálpebras, fiz umas caretas, mas tudo que o espelho mostrou foi uma certa palidez no meu rosto. A imaginação não está à vista, pensei, preparando-me para colocá-la em funcionamento. Concentrei-me, fechei os olhos, cobrindo-os com as mãos e confesso que senti um friozinho na barriga antes de ligar a telinha interior. Eu queria me imaginar atravessando o espelho, como fez Alice. Liguei a telinha e surgiu minha cara refletida, mostrando a língua, puxando as pálpebras, fazendo caretas. Eu, porém, mais uma vez não estava na frente do espelho. Havia apenas a imagem da minha imagem.

— Droga! — vociferei abrindo os braços.

Tornei a fechar os olhos e fui "rodando" uma sucessão de cenas do armário, nos mais diferentes ângulos, mas tudo o que apareceu na telinha interior foi minha imagem "dentro" do espelho.

— Droga! droga! — xinguei. — Já sei: vou me imaginar fechando a porta do armário!

O armário surgiu, com a porta do espelho aberta, no centro da minha telinha interior. Fiz uma força danada para me "ver", mas antes que pudesse chegar até a porta ela se fechou sozinha. Não aguentei e dei um berro:

— Cadê a minha imaginação???

— Que houve, filho? Que houve? — vovô entrou no quarto assustado.

— Não tô conseguindo imaginar, vô! Não tô conseguindo botar essa droga dessa imaginação para funcionar!

— Fique calmo, filho! O que você está "vendo" na sua telinha?

— Aquela coisa pobre e sem graça de sempre. Só memória visual! Só imaginação reprodutiva! Droga!

Vovô estava atarantado, sem saber o que fazer:

— Fique calmo. Você está muito nervoso!

— Tá vendo? Eu não disse? — espumava de ódio. — Eu não disse que não tinha nada por baixo das imagens de TV??

Ele tentou me levar para a cama:

— Deita. Descansa um pouco. Ninguém pode imaginar nada nesse estado. Você está descontrolado, filho!

— Mas eu estou nesse estado porque não posso imaginar! — reagi agressivo. — Por que, vô?

Ele gesticulava em branco, sem saber o que dizer:

— Deita um pouco. Vamos esperar sua irmã chegar e...

— Negativo! Eu vou para a escola! — respondi tirando a camisa.

— Ma-mas como é que você vai sair assim, filho?

— Assim como, vô? — fui botando o uniforme.

— Sem imaginação!

— Qual o problema? Não tenho vivido a vida toda sem ela?

O som do piano de Raiban chegava aos meus ouvidos feito um instrumento de tortura a martelar minha impaciência. Ao sair de casa, mais do que ir para a escola, queria ver o cego meu amigo. Encerrada sua aula, Raiban abriu a porta e voltou-se para o lado contrário de onde eu estava sentado, no corredor.

— Tô limpo, Raiban! — disse procurando esconder minha preocupação. — Devolvi todas as imagens da TV!

Ele girou rápido abrindo-se num largo sorriso de dentes malcuidados:

— Meus parabéns, garoto! Agora você será a central de produção das suas próprias imagens!

— Não estou muito certo disso, Raiban — baixei a cabeça.

Contei-lhe do meu esforço brutal e inútil para jogar alguma coisa criativa na minha telinha. Ele tateou a mão pelo meu ombro e fez um de seus comentários imaginativos:

— O carro da sua imaginação está parado há anos. Você liga a chave e quer que ele pegue logo?

Eu disse que queria, e acrescentei:

— Já acabou o engarrafamento de imagens.

— Você verificou se está tudo em ordem para a partida? Quem sabe o freio de mão não está puxado?

— Como assim?

— Você nunca ouviu a expressão "soltar a imaginação"? Pois solte o freio da sua imaginação, Tavinho!

Raiban me puxou de volta para o banco dizendo que minha imaginação não poderia funcionar como um carro zero saindo da fábrica "depois de anos soterrada por uma avalanche de imagens de TV".

— Mas ela não está funcionando nem como um calhambeque — choraminguei.

— Calma, garoto, você está muito aflito — Raiban procurava me tranquilizar. — Vá esquentando o motor da sua imaginação...

— Como?

— Descreva um sonho em palavras! — ordenou ele.

Pensei um pouco e disse:

— Estou sentado num montinho da Lua observando a Terra.

— Muito bem, você consegue imaginar isso?

— Claro que não!

— Então comece a fazer força para transformar essa ideia em imagem. Vamos! Faça força!

— Como? De que jeito?

Eu não sabia que tipo de força deveria fazer. Raiban apontou-me a direção:

— Quando você vai ao banheiro e tem dificuldades, não é obrigado a fazer uma força danada? O esforço para soltar sua imaginação obedece ao mesmo movimento, só que dirigido para a cabeça.

Não pude deixar de rir. Jamais procuraria minha imaginação por esses caminhos.

Seria melhor que eu tivesse voltado para casa: não prestava a menor atenção nas aulas. A todo instante disfarçava, fechava os olhos e fazia força para plantar uma sementinha que fosse no vaso da imaginação. Minha telinha interior porém continuava incapaz de criar, de florir, de desenhar sonhos e combinar imagens. Bem que poderia haver um purgante para prisão de imaginação!

No início da última aula minha concentração foi interrompida por uma barulheira infernal vinda da rua. A professora emudeceu, nós nos entreolhamos espantados e sem esperar por autorização nos lançamos às janelas.

— Uma comemoração dessas só pode ser...

Antes que minha quase namorada concluísse a frase, a diretora da escola enfiou a cara na sala e com um sorriso maior que sua boca anunciou:

— A televisão voltou!

Aí a turma explodiu. Nossos gritos se incorporaram à algazarra geral e a professora sem controle dispensou a turma. Debandamos porta afora para rever a querida amiga que retornava às nossas vidas. Eu e minha quase namorada saímos desembestados pelo pátio e ao pararmos no portão de entrada ela sapecou um beijo no meu rosto.

— Pra você não me trocar pela televisão — ela disse.

Antes que eu pudesse reagir — se é que iria reagir — ela sumiu correndo no meio do festivo caos. Fiquei então tentando imaginar minha expressão enrubescida ao receber aquele beijo, mas só apareceu o rosto dela aproximando-se da "câmera" da minha telinha interior.

— Não consigo me ver! Droga!

O cego Raiban saía do Instituto visivelmente aturdido por toda aquela barulheira que ele, apesar da sua extraordinária imaginação, não podia ver. Ao se dirigir para o cantinho da calçada foi abalroado por uma senhora gorda em disparada que chutou sua bengala para longe. Raiban abaixou-se e saiu de quatro tateando atrás de sua companheira inseparável. Atravessei a rua, peguei a bengala e caminhei com ele até o ponto de ônibus.

— Não imaginou onde estava a bengala? — perguntei.

— Só se eu fosse adivinho — ele se recompunha. — Também vai para casa recepcionar a televisão?

— É tudo o que eu quero — respondi com convicção.

Raiban seguia, contraindo o corpo a cada morteiro que espoucava por perto:

— Não acha melhor cuidar da sua imaginação?

— Nem pensar! Não vou ficar procurando por ela como você à sua bengala!

Ele subiu no ônibus e disse:

— Cuidado para não ter uma nova indigestão!

As palavras do cego a princípio me deixaram confuso. Tão confuso que acenei para ele na partida do ônibus. Depois retomei a decisão de não trocar o certo pelo duvidoso. Não quero nem saber. Que se dane a imaginação! Vou voltar a ver televisão como nos velhos tempos. Vou tomar um porre! Vou ligar as três ao mesmo tempo e ficar ali, bebendo aquelas imagens até a última emissora sair do ar. Não vou ficar fora dessa festa em nome de uma dúvida.

Eu caminhava em zigue-zague para me livrar da correria sem rumo, observando as reações de júbilo à minha volta: gente pulando e gritando e se abraçando. Uma mulata gorda ajoelhou-se em plena calçada e elevando aos céus a imagem da Virgem Prateada, berrou:

— Obrigada, minha Nossa Senhora do Preto e Branco!

As edições extras dos jornais chegavam às ruas. A manchete de um deles estampava em letras garrafais: "Deus é brasileiro!". Abaixo, a explicação: "A televisão só voltou aos nossos lares porque o sopro divino (ventos solares) varreu o excesso de partículas que bloqueava a passagem das ondas eletromagnéticas".

Uma multidão se aglomerava à frente da loja de eletrodomésticos. Os vendedores traziam as caixas de papelão do depósito, sopravam a poeira e afastavam os outros aparelhos dos lugares de honra para reentronizarem a televisão. As pessoas nervosas batiam palmas e gritavam em coro:

— Liga! Liga! Liga!

Tratei de apertar o passo para não deixar meu olho grudar na televisão ligada. Ao meu lado, um homem também andando rápido comentou:

— Imagina a festança nas emissoras de televisão!

Dei uma olhada para ele e minha memória reconheceu-o:

— Não conheço o senhor de algum lugar?

— Imagino que não!

— Como se imagina "que não"? — perguntei sem pararmos.

— Como?

— O que aparece na sua telinha interior? Um NÃO desse tamanho?

Ele me olhou com mais atenção e também me reconheceu:

— Ah! Você é aquele garoto pirado!?

E entrou na lanchonete: era o gordo comedor de sanduíches. Prossegui no meu caminho em meio às manifestações de alegria, pensando se vovô teria dito à família que eu não tenho mesmo imaginação.

Imaginei mamãe dividida, sem saber se ria pela volta da televisão ou chorava com a notícia de vovô. Imaginei papai e titia discutindo a possibilidade de uma cirurgia em frente à Abelha-Rainha aos berros. Imaginei Maria tentando entender meu drama, girando os canais do seu televisor preto e branco. Imaginei a decepção da mana, esforçando-se para saber onde havia errado no meu tratamento. Eu não tinha ideia do que me aguardava em casa.

Mergulhado nas imagens da família nem me dei conta de que atravessava a pracinha. Quando percebi, estava envolvido por Mil Caras, que, vestido de Batman, me abraçou pulando comigo a festejar o retorno da televisão.

— Quer ser o meu parceiro para destruir todos os inimigos do sonho e da fantasia, garoto? — perguntou.

Nesse momento minha telinha interior iluminou-se e eu me vi vestido de Robin sentado num montinho da Lua vigiando a Terra. Foi uma revelação estonteante que me fez explodir:

— Eu imaginei! Eu imaginei, Mil Caras! — ace-lerei os pulos. — Juro que imaginei!

— Imaginou o que, garoto?

— Eu me vi na minha telinha interior! Eu me

◆ 143

vi! — sem querer surgiu uma nova imagem, gritei. — Estou me vendo na frente do espelho. Na frente do espelho!

— Espelho? que espelho?

Deixei Mil Caras atônito e saí correndo para casa empunhando um volante imaginário. Toquei a campainha e todos juntos abriram a porta. Eu disse a eles que tinha conseguido atravessar o espelho.

O resto vocês podem imaginar.

Bate-papo com
Carlos Eduardo Novaes

A seguir, conheça mais sobre a vida, a obra e as ideias do autor de O menino sem imaginação.

ENTREVISTA

Um escritor de múltiplos talentos

Carlos Eduardo Novaes passou por **várias profissões** até chegar a sua verdadeira vocação. Foi advogado, conservador de museu, oficial de gabinete, sócio de detetizadora e até dono de uma fábrica de sorvetes... Mas quando ingressou no jornalismo ele descobriu que aproveitaria melhor sua veia humorística escrevendo crônicas, contos e romances.

Além do humor, a crítica social é outra característica marcante nos mais de trinta livros que fizeram dele um autor de **sucesso** entre jovens e adultos. Sempre em busca de **novas experiências**, ele escreveu também roteiros para cinema, peças de teatro e seriados para a televisão, além de ter mostrado nas telas e no palco seu talento como ator. Chegou ainda a se dedicar à política como Secretário da Cultura no Rio de Janeiro.

Na entrevista a seguir, Carlos Eduardo Novaes fala sobre *O menino sem imaginação* e também sobre a influência da TV e o valor da criatividade na vida das pessoas.

NOME: Carlos Eduardo de Agostini Novaes
NASCIMENTO: 13/8/1940
ONDE NASCEU: Rio de Janeiro (RJ)
ONDE MORA: Rio de Janeiro (RJ)
QUE LIVRO MARCOU SUA ADOLESCÊNCIA: as obras da coleção do Sítio do Pica-Pau Amarelo, de Monteiro Lobato.
MOTIVO PARA ESCREVER UM LIVRO: vencer a timidez e botar para fora minhas ideias e fantasias.
MOTIVO PARA LER UM LIVRO: ter o prazer de transformar palavras em imagens.
PARA QUEM DARIA SINAL ABERTO: para os jovens capazes de desligar a televisão e/ou computador para ler um livro.
PARA QUEM FECHARIA O SINAL: para os jovens que trocam o prazer de ler um livro pelas horas diante da televisão e/ou computador.

Entrevista

Quando você imaginou a história de *O menino sem imaginação*?
No dia em que pensei como seria uma pessoa sem imaginação. Foi, com certeza, o livro que me deu mais trabalho porque, ao me lançar ao desafio — e à excitação — de escrevê-lo, percebi que a imaginação não tem limites tão bem demarcados quanto a visão ou a audição. Existe mais de um tipo de imaginação — como acontece também com a inteligência —, e eu precisava deixar claro ao leitor, sem ser chato, didático ou discursivo, que me referia à imaginação criativa. Escrever este livro foi como domesticar um potro selvagem. Por várias vezes ele quase me jogou no chão.

A "anomalia magnética", com que você justifica a televisão saindo do ar no Brasil, pode ocorrer de verdade?
Nada me tomou mais tempo do que a pesquisa de algum tipo de fenômeno que desse credibilidade ao sumiço da televisão. Pelo que entendi durante as pesquisas — não é minha área —, a anomalia magnética elevada aos seus limites extremos pode interferir nas transmissões de rádio (ondas curtas e médias) e televisão.

Por que nenhum personagem da família do Tavinho tem nome?
Foi um desafio a que me propus ainda na fase de roteirização do livro. Acho que gostaria de ouvir do leitor: "Puxa! Esse cara conseguiu escrever um livro inteiro sem dar nome a cinco personagens que aparecem do início ao fim!".

Dois personagens marcantes na história são o Raiban e o Mil Caras. Como você vê os dois?
O Raiban, um cego, foi um personagem que me veio à cabeça depois do livro pronto. Isso significa dizer que reescrevi o livro mais três vezes abrindo espaço para Raiban. Ele é um dos contrapontos de Tavinho (o outro é a irmã). É o contraponto da deficiência, considerando-se que Tavinho também é cego, mas é de imaginação. Já o Mil Caras foi o primeiro personagem que me apareceu, antes mesmo de formar a família de Tavinho. Mil Caras é a imaginação e por isso ele é assustador para Tavinho.

Como se explica que um garoto sem imaginação trate seus televisores como gente, dando até nomes para eles?
Os televisores têm nome porque a família não tem. Talvez eu quisesse

ENTREVISTA

com isso (não tenho explicações para tudo) sublinhar a importância dos televisores na vida do garoto. O fato de Tavinho ter uma relação muito especial com os televisores não significa necessariamente imaginação. Antes, deriva do afeto, da emoção que gera um processo de "humanização" natural. A babá do menino, está dito, foi um televisor.

Por que você coloca a irmã de Tavinho como coautora do livro?
Para mim, mesmo a fantasia mais absurda precisa ter uma lógica interna que a aproxime do real. A irmã de Tavinho, a quem ele dedica o livro, aparece como coautora porque eu não acreditei que o menino fosse capaz de escrever o livro sozinho. Estava soando falso para mim e o recurso foi fazer o texto do Tavinho passar pelo crivo da sabichona da sua irmã.

Você acha que as gerações que crescem na frente da TV são pobres de imaginação?
A televisão trabalha com imagens e, sendo assim, "poupa" a imaginação. Quando um livro descreve uma casa, uma paisagem, um personagem, cada leitor vai imaginá-los de uma forma diferente. Quando a televisão mostra uma casa, uma paisagem ou um personagem, não há o que imaginar.

Você vê televisão com frequência?
Gosto de televisão. É raro o dia em que não ligo meu aparelho. Admito, porém, que estou bem abaixo da média brasileira, que é cerca de quatro horas por dia diante da TV, uma das médias mais altas do planeta, segundo um trabalho publicado pela Unesco.

Invenção coletiva

A televisão começou a ser desenvolvida na década de 1920, mas não se pode dizer que ela tenha um único pai. Cientistas de diferentes países contribuíram simultaneamente para criar o mais popular dos aparelhos eletrônicos. Nos Estados Unidos e Europa, a televisão passou a ser consumida em massa com o fim da Segunda Guerra Mundial, em 1945. Na década de 1960, cerca de 90% das famílias norte-americanas já possuíam um aparelho de TV em casa. No Brasil, ela chegou em 1950, com a TV Tupi de São Paulo. A estreia foi assistida por pouco mais de 100 aparelhos importados. Em pouco tempo, porém, se popularizou. Quatro anos depois, eram mais de 120 mil unidades no país.

ENTREVISTA

Você acha que a TV acaba consumindo um tempo que poderia ser dedicado a outras coisas, como a literatura?
A televisão e a literatura têm seus papéis bem definidos e o ideal seria que pudéssemos nos dedicar às duas, sem colisões. É apenas uma questão de administrarmos nosso tempo.

A TV afasta os jovens dos livros?
Costumo dizer que é muito mais fácil formar um telespectador do que um leitor. A televisão é mais atraente, sedutora, e não exige qualquer esforço intelectual. Tem gente que vê televisão sem som. Se não for revelado ao jovem, em casa ou na escola, o encanto da leitura, ele vai preferir sempre assistir televisão. Ela afasta os jovens do livro. Esta é uma "guerra" perdida, a da literatura com a televisão, e por isso mesmo as alegrias são redobradas quando vencemos uma batalha aqui e ali.

Que relação você estabeleceria entre O menino sem imaginação **e** Casé, o jacaré que anda em pé, **um de seus outros livros publicados na série Sinal Aberto?**
Casé, o jacaré que anda em pé é um livro "para fora", um livro de ação em que tudo gira em torno da construção do shopping no Pantanal. Os personagens não perdem tempo refletindo. O menino sem imaginação é um livro "para dentro", mais reflexivo, mais introspectivo, onde o eixo da história está no interior do menino. Casé é narrado do ponto de vista dos répteis; o Menino, do ponto de vista de alguém sem imaginação. Casé é a imaginação em movimento. O Menino, sem deixar de ter um conteúdo imaginativo, discute a imaginação. É a imaginação se olhando no espelho.